हिन्द पॉकेट बु

वे क्रान्ति के दिन

31 दिसम्बर 1899 को मुरादाबाद जिले के धाबर्सी में जन्मे महावीर त्यागी प्रख्यात आर्य समाजी नेता, स्वतंत्रता संग्राम सेनानी और सांसद थे। स्वतंत्रता संग्राम में उन्होंने कुल मिलाकर 11 साल तक जेल यात्रा की। वर्ष 1920 में जिला कांग्रेस के संस्थापकों में उनकी गिनती होती है। बाद में उन्होंने अपना कार्यक्षेत्र देहरादून बना लिया। देहरादून, बिजनौर (उत्तर-पश्चिम), सहारनपुर (पश्चिम) लोकसभा क्षेत्र से 1952, 57 व 62 में सांसद रहे महावीर त्यागी वर्ष 1951 से 53 तक केन्द्रीय राजस्व मंत्री रहे। वर्ष 1953 से 57 तक श्री त्यागी मिनिस्टर फार डिफेंस ऑर्गेनाइजेशन (1956 तक पंडित नेहरू के पास रक्षा मंत्री का कार्यभार भी था।) रहे। वर्ष 1957 के बाद भी वह विभिन्न कमेटियों और पुनर्वास मंत्रालय में रहे।

महावीर त्यागी ने वर्ष 1962 के युद्ध के बाद अक्साई चिन क्षेत्र चीन के कब्जे में चले जाने के मुद्दे पर संसद में प्रधानमंत्री पंडित नेहरू के सामने अपना तर्क बेबाकी से रखा। पंडित नेहरू ने कहा था कि 'इस क्षेत्र में घास का एक तिनका नहीं उग सकता है।' इस पर महावीर त्यागी ने अपने केश विहीन सिर से टोपी उतारी और कहा कि 'यहां पर भी कुछ नहीं उगता, क्या इसे काट देना चाहिए या किसी और को दे देना चाहिए?'

वे क्रान्ति के दिन

महावीर त्यागी

हिन्द पॉकेट बुक्स
पेंगुइन रैंडम हाउस इम्प्रिंट

हिन्द पॉकेट बुक्स

यूएसए | कैनेडा | यूके | आयरलैंड | ऑस्ट्रेलिया
न्यू ज़ीलैंड | भारत | साउथ अफ्रीका | चीन | सिंगापुर

हिन्द पॉकेट बुक्स, पेंगुइन रैंडम हाउस ग्रुप ऑफ़ कम्पनीज़ का हिस्सा है,
जिसका पता global.penguinrandomhouse.com पर मिलेगा

पेंगुइन रैंडम हाउस इंडिया प्रा. लि.,
चौथी मंजिल, कैपिटल टावर -1, एम जी रोड,
गुड़गांव 122 002, हरियाणा, भारत

प्रथम हिन्दी संस्करण हिन्द पॉकेट बुक्स द्वारा 1978 में प्रकाशित
यह हिन्दी संस्करण हिन्द पॉकेट बुक्स में पेंगुइन रैंडम हाउस द्वारा 2022 में प्रकाशित

10 9 8 7 6 5 4 3 2

इस पुस्तक में व्यक्त विचार लेखक के अपने हैं, जिनका यथासंभव तथ्यात्मक सत्यापन किया गया है, और इस संबंध में प्रकाशक एवं सहयोगी प्रकाशक किसी भी रूप में उत्तरदायी नहीं हैं।

ISBN 9789353493820

मुद्रकः रेप्रो इंडिया लिमिटेड

www.penguin.co.in

This is a legitimate digitally printed version of the book and therefore might not have certain extra finishing on the cover.

प्रस्तावना

हमनशीं कहां जाएं, कोई ठिकाना न रहा।
या तो वह हम न रहे, या वोह ज़माना न रहा॥

लोगों का ख्याल है कि गहरी मनोकामनाओं की पूर्ति हो जाने पर मनुष्य को असीम आनन्द और सन्तुष्टि मिल जाती है; एक सीमा तक यह बात ठीक भी है, पर इसमें प्रश्न यह उठता है कि लक्ष्य की प्राप्ति के बाद क्या होगा । या तो कोई दूसरा लक्ष्य ढूंढ़ना पड़ेगा, या फिर मेरी तरह अपने नातियों के साथ आंखमिचौनी खेलकर ही जी बहलाना होगा । 'कोठी-बंगले और हलवा-पूरी' जिन किन्हीं-को प्राप्त हैं, वे धन्य हैं, पर संसार का वास्तविक आनन्द लूटने के लिए तो कोठी से बाहर निकलकर किसी गैर पर आंखें टिकानी पड़ेंगी, और अपनी हलवा-पूरी के साझीदार भी ढूंढ़ने पड़ेंगे । क्योंकि 'दाद' देने वाले न मिले तो ग़ज़ल सुनाना बेकार है।

पं० मोतीलाल नेहरू को अपने हाथ से तरकारी (सब्ज़ी) पकाने और विशेष अनुपात की चाय बनाने का शौक था । सन् 1921 की बात है कि जब वे लखनऊ जेल की 'दिवानी बैरक' में बन्द थे, मैं कभी-कभी उनकी सब्ज़ी आदि छील दिया करता था । एक दिन 'दम-आलू' बनाए बैठे थे, मैं किसी दूसरी बैरक में। गप-शप के लिए चला गया, लौटने पर मैंने पूछा, "सब्ज़ी ठण्डी हो रही है भाई जी,

आपने खाई क्यों नहीं।" बोले, "इतने शौक से बनाई थी, तुम, हैंचो, मटर-गश्ती को चले गए, क्या मैं अकेला खाऊं ?" सुख का असली मज़ा साझेदारी म है। यही नियम दुःख पर भी लागू है। जैसे हंसने के लिए किसी साथी का होना अनिवार्य है, इसी तरह रोने का मज़ा भी केवल अपनों ही के बीच में है।

पर चूंकि आजकल का संसार व्यापार-प्रिय हो चला है, इसलिए प्रेम भी इस युग में व्यवसाय की वस्तु बन गई है। जान-जानकर करते हैं प्यार, और जैसे घी में लोग घोलते हैं दाल्दा, इसी तरह प्यार में मिलाते हैं खुशामद। और खुद तो किसीको दिल से प्यार करते नहीं, दूसरों से चाहते हैं कि वह आशिक हो जाएं तुमपर।

यह संस्मरण साहित्यिक भाषा में न लिखकर प्यार की भाषा में लिखे हैं, क्योंकि साहित्यकार का दुनिया आदर तो करती है पर प्यार नहीं करती। आदर दिमाग से होता है, और प्यार दिल से। प्यार की भाषा दलील और व्याकरण के बन्धनों से मुक्त होने के कारण सीधे दिल पर वार करती है। मैंने इन संस्मरणों को छपवाने की स्वीकृति इसी आशा से दी है कि शायद पाठकों में से ही कुछ प्यार करने वाले, मेरी टूटी-फूटी भाषा के कारण, मुझे मिल जाएं, तो उनके पत्रों से मेरा जी बहल जाएगा।

रैन बसेरा, देहरादून —**महावीर त्यागी**

31-12-1962

बापू की याद में

सन् 1942 में जब विश्वयुद्ध ने भंयकर रूप धारण कर लिया था, जापान भारत पर आक्रमण करने की तैयारी में था, और बिना भारत की जनता का विश्वास प्राप्त किए ब्रिटिश सरकार ने भारत को भी युद्ध में घसीट लिया था, तो महात्मा जी ने कहा था कि "ब्रिटिश सरकार की नीति भारत को स्वतंत्र करने की नहीं है, भले ही कोई तीसरी शक्ति इसपर अपना स्वामित्व क्यों न कर ले।" ऐसी परिस्थिति में 8 अगस्त, सन् 1942 को महात्मा गांधी के नेतृत्व में कांग्रेस ने ब्रिटिश सरकार को चुनौती दी थी कि "भारत छोड़ो"। तुरन्त ही सारे कांग्रेसी नेता नज़रबन्द कर लिए गए और महात्मा गांधी को 'आगाखां पैलेस' में बन्द कर दिया गया। उनके साथ 'बा' (स्वर्गीय कस्तूरबा गांधी) और बापू के प्राइवेट सेक्रेटरी श्री महादेव देसाई, कु० सुशीला नायर भी नज़रबन्द कर लिए गए। हफ्ते-भर के अन्दर महादेव देसाई का स्वर्गवास हो गया और चूंकि पूरे भारतवर्ष में पकड़-धकड़ शुरू हो चुकी थी, हज़ारों कांग्रेसी जेल में डाल दिए गए। महादेव देसाई की जगह श्री प्यारेलाल जी को आगाखां पैलेस भेज दिया गया। योरोप में जर्मनी का युद्ध और भारत में स्वतन्त्रता-आन्दोलन साथ-साथ ज़ोरों से चल रहे थे कि सन् 1943-44 में हमारे देश में भयंकर अकाल पड़ गया और

केवल बंगाल में लगभग 30 लाख स्त्री-पुरुष और बच्चे भूख से मर गए। कलकत्ते की गलियों में चारों ओर लाशें ही लाशें पड़ी थीं। हम जेलों में सड़ रहे थे और चिन्तित थे कि हमारे बाल-बच्चों के ऊपर क्या गुज़र रही होगी। एक दिन खबर मिली कि बापू ने 21 दिन का अनशन कर दिया है। महात्मा गांधी आगाखां पैलेस में मच्छरों का शिकार बने पड़े थे। हम लोगों ने अपनी-अपनी बैरकों में बापू की दीर्घायु के लिए यज्ञ और प्रार्थनाएं शुरू कर दीं। उपवास तो पूरा हो गया पर उसके बाद 'बा' के स्वर्गवास हो जाने की खबर मिली। फिर बापू सख्त बीमार पड़ गए। देश-भर में बापू को मुक्त कराने का आन्दोलन चल पड़ा। यहां तक कि केन्द्रीय असेम्बली के कांग्रेसी और मुस्लिम लीगी सदस्यों ने सर्वसम्मति से 1944 का बजट अस्वीकार कर दिया। आगाखां पैलेस के चारों ओर कांटेदार तार लगे थे और सैकड़ों पुलिस वाले दिन-रात बंगले के चारों ओर पहरा देते थे। बापू जब बहुत बीमार हुए तो डाक्टर गिल्डर भी उनकी देख-रेख के लिए आगाखां पैलेस में भेज दिए गए। एक रात को तो बीमारी ने भयंकर रूप धारण कर लिया और बचने की आशा न रही। ब्रिटिश सरकार ने उनके दाहकरण के लिए बहुत-सा चन्दन मंगाकर तैयार रख लिया था और ब्रिटिश विदेश मंत्री श्री एन्थनी एडन ने अपने तमाम दूतों को चिट्ठियां भेज दी थीं कि "वे मिस्टर गांधी की मृत्यु के अवसर पर जो शोक-सन्देश दें उनमें ऐसे शब्दों का प्रयोग न करें कि जिनसे गांधी के नैतिक स्तर को तनिक भी ठेस पहुंचे, आपको कहना चाहिए कि उनको अपने आध्यात्मिक आदर्शों में अटूट विश्वास था। और आपको इस बात पर शोक प्रकट करना चाहिए कि उनकी अद्वितीय प्रतिभा और प्रभाव से मित्रराष्ट्र विशेषकर चीन और भारत कोई लाभ न उठा सके।"

ऐसी भंयकर स्थिति में भी बापू को मरने की चिन्ता कम थी। उन्होंने कई बार सरकार से अनुरोध किया कि उन्हें किसी साधारण जेल में अन्य राजनैतिक बन्दियों की तरह क्यों नहीं रखा जाता।

बापू ने कहा था कि :

"मुझपर जो यह फिजूलखर्ची की जा रही है यह तुम्हारा पैसा तो नहीं है, यह तो मेरा और मेरी गरीब जनता का पैसा है। मेरे चारों ओर इतनी फौज क्यों डाली, क्या तुम्हें डर है कि मैं चोरी से निकलकर भाग जाऊंगा ?"

इसी तरह एक दिन जब बापू सेवाग्राम में टहल रहे थे कि रास्ते में दो इंच लम्बा एक पूनी (चर्खा कातने की रुई) का टुकड़ा पड़ा दिखाई दे गया, बापू ने उसे उठा लिया और आश्रमवासियों को कहा कि "देश की सम्पत्ति को इस लापरवाही से नहीं फेंकना चाहिए।"

बापू की बात को छोड़िए। अब से सैकड़ों वर्ष पहले मुगल राज्य के सम्राट औरंगज़ेब ने अपने मरने से पहले जो वसीयत की थी उसे पढ़िए। उसने कहा था कि मेरे कफन और दफ़न पर सरकारी ख़ज़ाने की एक कौड़ी भी खर्च न की जाए, जो 4 (चार रुपपे दो आने) मैंने टोपियां सिलकर कमाए हैं, वह महलदार पर जमा हैं उनसे गज्ज़ी का कफ़न खरीदकर मुझे लपेट देना और 305) जो मैंने क़ुरानशरीफ लिखकर कमाए हैं वह फकीरों को बांट देना, क्योंकि इस्लाम मत के अनुसार क़ुरान की कमाई का इस्तेमाल हराम है।

सत्याग्रह की धर्म-परीक्षा

सन् 1947 में भारत के बटवारे के समय जब पाकिस्तान और भारत में साम्प्रदायिक झगड़े और बलवे होने लगे तो महात्मा गांधी को महान आत्मिक कष्ट हुआ। उनकी व्याकुलता का वर्णन करना असंभव है। केन्द्रीय और प्रादेशिक सरकारों के भी हाथ-पैर फूल गए। हमें ऐसा लगने लगा जैसे करोड़ों परिवारों की खून से सींची हुई इस स्वराज्य की आशा-लता पर पाला पड़ गया हो। मैं उन दिनों केन्द्रीय विधान-सभा और प्रान्तीय असेम्बली दोनों का मेम्बर था। एक दिन प्रातः लखनऊ के पुलिस सुपरिटेण्डेण्ट से पुलिस कान्स्टेबल की वर्दी मंगाकर पहन ली और डंडा-पेटी बांधकर मुख्यमंत्री श्री गोविन्द वल्लभ पन्त के बंगले पर चला गया। दरवाज़े पर एक पुलिस इंस्पेक्टर खड़े थे, उन्हें सलाम फटकारते हुए सीधा पन्त जी के कमरे में घुस गया। पन्त जी को आश्चर्य हुआ कि पुलिस का साधारण सिपाही बिना आज्ञा के अन्दर कैसे घुस आया। सलाम लेने के बाद उन्होंने ज़ोर से पूछा कि तुम अन्दर कैसे आए? मैंने कहा कि मेरा नाम महावीर त्यागी है, मैं अब कांस्टेबल हो गया हूं और आपका आशीर्वाद लेने आया हूं। फिर वो हंसकर खड़े हो गए और कहने लगे कि तुम्हें यह कैसा खब्त सूझा है। मैंने कहा कि जगह-जगह हिन्दू-मुस्लिम गे हो

रहे हैं और न तो कांग्रेस वाले ही सामने आते हैं और न पुलिस ही कुछ कर रही है, इसलिए मैंने फैसला किया है कि 250 कांग्रेस वालों का एक स्वयंसेवक पुलिस-दल भर्ती करके देश में शान्ति स्थापना का प्रयत्न करू। उन्हें यह योजना पसन्द आई और तुरन्त ही सरकारी गजट में एक विज्ञप्ति निकाल दी कि इस दल का नाम 'त्यागी पुलिस' होगा और इस दल के सिपाहियों को कोई वेतन तो नहीं मिलेगा पर इन्हें पुलिस के पूरे अधिकार प्राप्त होंगे और वर्दी, पेटी, राइफल और राशन (खाद्य सामग्री) दी जाएगी। पुलिस लाइन मेरठ में हमारा हैडक्वार्टर बनाकर ट्रेनिंग का प्रबन्ध सरकार की ओर से कर दिया गया और इस दल को राइफल भी दे दी गई। महीने-भर की ट्रेनिंग के बाद मैं मयवर्दी के महात्मा गांधी के पास अशीर्वाद के लिए पहुंचा, वे बिरला हाउस दिल्ली में ठहरे हुए थे। मुझे देखते ही खिलखिलाकर हंस पड़े। मैंने सलाम झाड़ा और कुर्सी पर बैठ गया, वे चारपाई पर लेटे हुए थे। बैठते ही मैंने कहा, "आशीर्वाद के लिए आया हूं, बापू।" गांधी जी ने कहा, "क्या तू मुझे नाच नचाएगा ?" मैंने वहा, "नहीं।" बापू बोले, "आशीर्वाद नहीं मिल सकता।" मैं समझा कि खद्दर की वर्दी न होने के कारण बापू रुष्ट हैं। मैं बहुत हताश हुआ और खड़े होकर बोला, "यदि आशीर्वाद नहीं दे सकते तो आप मेरा खुला विरोध करके देख लें, मैं और मेरे साथियों ने मैदान में कदम रख दिया है, अब पीछे नहीं हट सकते।" यह कहकर मैं चलने लगा तो बापू बोले, "तू समझा नहीं, मुझे आशीर्वाद में आपत्ति नहीं है, तू पहले वायदा कर कि मुझे नाच नचा देगा।" दिमाग तो ठंडा पड़ा पर सचमुच मैं नाच नचाने के अर्थ नहीं समझ सका। बचपन में जब खाना खाने से भागता था तो मेरी दादी तंग आकर कहती

थी कि "घरबसा घंटों नाच नचाता है।" मैंने बापू से पूछा कि नाच नचाने से आपका क्या तात्पर्य है तो बोले, "जब मैं अखबार में पढ़ूंगा कि मुसलमानों की बान बचाते हुए त्यागी को किसीने छुरा मार दिया, और उसकी लाश तो सहारनपुर के बाज़ार में पड़ी है तो मैं खुशी के मारे नाचूंगा; तो फिर तू मुझको वायदा कर कि मुझे नाच नचा देगा।" इतना सुनना था कि प्यार से मेरी घिग्घी बंध गई और चारपाई पर पड़े बापू के दोनों पैरों को पकड़कर मैंने वायदा कर दिया कि "भगवान मेरी सहायता करे और छुरी वाला भेज दे, तो बापू, मैं इन चरणों की शपथ लेकर कहता हूं कि अवश्य आपको नाच नचा दूंगा।" फिर क्या था, बापू बैठे हो गए और मेरे कन्धों पर हाथ रखकर दरवाज़े तक मुझे छोड़ने आए। रास्ते में ठहरकर बड़े प्यार से बोले, "स्वराज्य तो मिल गया पर मेरे जीवन में सत्याग्रह धर्म की असली परीक्षा नहीं हो सकी। मैं चाहता हूं कि तुम्हारी तरह 50 या 100 आदमी अहिंसा और सत्याग्रह की परीक्षा में अपनी जान दे दें तो मेरे जीवन का उद्देश्य सफल हो जाए।"चलते समय मैंने फिर गर्दन झुकाकर कहा, "अच्छा अब तो मुझे आशीर्वाद दे दो बापू!" तो बापू बोले, "जब मैं नाचूंगा तो मेरा नाच ही तेरा (तुझपर) आशीर्वाद होगा।"

मैं अभागा हूं कि अपनी प्रतिज्ञा पूरी न कर सका। बापू तो शहीद हो गए पर मेरी उंगली तक में कटी। मरने को तो अब भी तैयार हूं पर अब अहिंसा और सत्याग्रह को इस 'साइंस' और 'टेकबीक' के युग में रूढ़िवाद और दकियानूसी समझा जाने लगा है। धोती पहनना, हिन्दी बोलना, बाइसिकल या तांगे पर चलना, चर्खा कातना, झाड़ू लगाना, टट्टी उठाना और रामनाम—सब पाखंड कह लाने लगे हैं, शुक्र है कि अभी खद्दर पहनने की छूट है। पदों की घड़ दौड़ में बापू

की बताई हुई सामाजिक और नैतिक वित्तियां (मूल्य) सब धूल में मिल गईं।

बात असल में यह है कि जब कांग्रेस स्वराज्य-प्राप्ति के आन्दोलन में लगी थी तो हर व्यक्ति नि:स्वार्थ भाव से जन-सेवा और देशकल्याण के भाव से प्रेरित होता था, इसके फलस्वरूप समाज का वातावरण इतना शुद्ध हो चला था कि भ्रष्टाचारी और समाजविरोधी व्यक्तियों को लोक-लाज के भय से अपने मुंह छिपाने पड़ते थे। महात्मा गांधी ने 15 अगस्त, 1947 से पहिले ही भांप लिया था कि हवा का रुख किधर को है। अपने अन्तिम समय में गांधी जी बहुत दुखी थे । गोडसे ने गोली चलाकर देश को तो अवश्य ही कलंकित कर दिया और भयंकर हानि भी पहुंचाई, पर गांधी जा के लिए अच्छा ही हुआ कि उन्हें ये दिन देखने न पड़े।

14 मई, 1947 को बापू बहुत थके हुए थे कि डाक्टर बिधानचन्द्र राय उनसे मिलने आए और उनके स्वास्थ्य को देखकर उनसे कहा "यदि आपको अपने लिए नहीं तो जनता की अधिक सेवा कर सकने के लिए आराम लेना क्या आपका धर्म नहीं हो जाता ?" बापू बोले, "हां, यदि लोग मेरी कुछ भी सुनें और मैं लोगों के और सत्ताधीश मित्रों के लिए किसी उपयोग का हो सकूं तो ज़रूर ऐसा करूं । परन्तु अब मुझे नहीं लगता कि मेरा कहीं भी कोई उपयोग है। भले ही मेरी बुद्धि मन्द हो गई हो फिर भी इस संकट के काल में आराम करने की बजाय 'करना या मरना' ही पसन्द करूंगा। मेरी इच्छा काम करते-करते और राम रटन करते-करते मरने की है। मैं अपने अनेक विचारों में अकेला पड़ गया हूं फिर भी अपने अनेक मित्रों के साथ दृढ़ता से भिड़ने का साहस ईश्वर मुझे दे रहा है।"

उन दिनों केन्द्र और सभी प्रदेशों में राष्ट्रीय सरकारों की स्थापना हो चुकी थी पर हमारे मंत्रिमण्डलों का जो रहन-सहन और कार्यप्रणाली थी उससे बापू खुश नहीं थे। लोगों की शिकायत थी कि अनेक त्याग और बलिदानों के सहारे कांग्रेस एक महान संस्था बनी है और इसका इतिहास बहुत उज्ज्वल है। फिर भी शासन की सत्ता हाथ में आने से कांग्रेसी उन गुणों को खोते जा रहे हैं और पद-प्राप्ति के लिए अनुचित रूप से स्पर्द्धा कर रहे हैं। 21 मई को बापू ने प्रार्थना के समय कहा था :

"स्वतंत्रता का जो अमूल्य रत्न हमारे हाथ में आ रहा है मुझे डर है कि हम उसे खो बैठेंगे। स्वराज्य लेने का पाठ तो हमें मिला परन्तु उसे टिकाए रखने का पाठ हमने नहीं सीखा। अंग्रेज़ों की तरह बन्दूकों के ज़ोर पर हमारी राज्य-सत्ता नहीं चलेगी। अनेक प्रकार के त्याग और तपश्चर्या के द्वारा कांग्रेस ने जनता का विश्वास सम्पादन किया है परन्तु यदि आज कांग्रेस वाले जनता को धोका देंगे और सेवा करने की बजाय उसके मालिक बन जाएंगे या मालिकों की तरह व्यवहार करेंगे तो मैं शायद जीऊं या न जीऊं, परन्तु इतने वर्षों के अनुभव के आधार पर यह चेतावनी देने की हिम्मत करूंगा कि देश में बलवा मच, जाएगा, सफेद टोपी वालों को लोग चुन-चुनकर मारेंगे और कोई तीसरी सत्ता उसका लाभ उठाएगी।"

मंत्रियों का कर्तव्य

19 अप्रैल, 1947 को जब बिहार का मंत्रिमण्डल बापू से मिलने के लिए पटना में आया तो बापू ने स्वतंत्र भारत में मंत्रि मण्डल

अथवा गवर्नरों को कैसे रहना चाहिए इसपर निम्नलिखित विचार प्रकट किए थे:

(1) मंत्रियों और गवर्नरों को यथासंभव स्वदेशी वस्तुएं ही काम में लानी चाहिएं। उनको और उनके कुटुम्बियों को खादी पहनना चाहिए और अहिंसा में विश्वास रखना चाहिए।

(2) उन्हें दोनों लिपियां सीखनी चाहिएं और जहां तक हो सके आपस की बातचीत में भी अंग्रेज़ी का व्यवहार नहीं करना चाहिए। सार्वजनिक रूप में हिन्दुस्तानी और अपने प्रान्त की भाषा का ही उपयोग करना चाहिए।

(3) सत्ताधारी की दृष्टि में अपना सगा बेटा, सगा भाई, एक सामान्य व्यक्ति, कारीगर या मज़दूर—सब एक-से होने चाहिए।

(4) व्यक्तिगत जीवन इतना सादा होना चाहिए कि लोगों पर उसका प्रभाव पड़े। उन्हें हर रोज़ देश के लिए एक घण्टा शारीरिक श्रम करना चाहिए। या तो चर्खा कातें या अपने हाथ से घर के आसपास अन्न या साग-सब्ज़ी लगानी चाहिए।

(5) मोटर और बंगला तो होना ही नहीं चाहिए। आवश्यकता के अनुसार साधारण मकान काम में लेना चाहिए। हां, यदि दूर जाना हो या किसी खास काम से जाना हो तो जरूर मोटर काम में ले सकते हैं। लेकिन मोटर का उपयोग मर्यादित होना चाहिए। मोटर की थोड़ी-बहुत ज़रूरत तो कभी न कभी रहेगी ही।

(6) मंत्रियों के मकान पास-पास हों जिससे वे एक-दूसरे के विचारों में, कुटम्बों में और काम-काजों में ओत-प्रोत हो सकें।

(7) घर के दूसरे भाई-बहिन घर में हाथ से ही काम करें। नौकरों का उपयोग कम से कम होना चाहिए।

(8) सोफा सेट, अलमारियां या चमकीली कुर्सियां बैठने के लिए नहीं रखनी चाहिएं।

(9) मंत्रियों को किसी प्रकार के व्यसन तो होने ही नहीं चाहिएं।

(10) ऐसे सादे, सरल और आध्यात्मिक विचार रखने वाले जनता के सेवकों की जनता ही रक्षा करेगी। प्रत्येक मंत्री के बंगले के आसपास आज जो छः या इससे अधिक सिपाहियों का पहरा रहता है वह अहिंसक मंत्रिमंडल को बेहूदा लगना चाहिए। इससे बहुत खर्च बच जाएगा।

(11) लेकिन मेरे इन सब विचारों को मानता कौन है। फिर भी मुझसे कहे बिना नहीं रहा जाता क्योंकि मूक साक्षी रहने की मेरी इच्छा नहीं है।

महात्मा गांधी के उपर्युक्त विचारों को पढ़कर पाठक गण यह अनुभव करेंगे कि राष्ट्र में समाजवादी प्रणाली की स्थापना केवल कानून बनाने से नहीं हो सकती; उसके लिए एक सार्वजनिक आन्दोलन की आवश्यकता है। स्वराज्य-प्राप्ति के लिए जितनी त्याग-तपस्या की आवश्यकता थी उससे कहीं अधिक त्याग-तपस्या करनी होगी। आज तो स्वामित्व की भावना इतनी भयंकर रूप से फैलती चली जा रही है कि यदि इसकी रोकथाम न हो सकी तो देश नवाबी के रास्ते पर चल पड़ेगा। जो लोग समाजवाद में विश्वास रखते हैं। उनका सबसे पहला कर्तव्य यह है कि वो अपने पास-पड़ोस के बच्चों के साथ अपने बच्चों जैसा और अपने नौकर-मज़दूरों के साथ भाई-भतीजों जैसा व्यवहार करें। आज तो हमारा खाना बनाने वाला भी हमारे साथ एक मेज़ पर बैठकर खाना नहीं खा सकता और न हमारे कमरे की कुर्सी

पर बैठने की हिम्मत कर सकता है। समाज में भयंकर व्यक्तिवाद फैल रहा है। प्यार और मुहब्बत भी एक व्यवसाय को वस्तु बन गई है। दोस्तियां टूट रही हैं। ईर्ष्या, द्वेष और वैर-भाव के नाते समाज के अस्तित्व को नष्ट कर रहे हैं। देहरादून के 'खुशदिल' कवि ने ठीक ही कहा है :

इस किश्तिये हयात को ले जाऊं किस तरफ़।
नज़रों के सामने कोई साहिल नहीं रहा॥

जब मेरे पास पैसे न रहे

सन् 1930 के नमक सत्याग्रह-आन्दोलन की घोषणा का वाइसराय से लेकर पं० मोतीलाल नेहरू तक सब ही वे ठट्टा उड़ाया था। सर्वसाधारण कहते थे कि पहाड़ से सिर टरकाना है, बला लात के भूत कहीं बातों से मानेंगे ? नमक बनाकर अंग्रेज़ जैसी शक्तिशाली सरकार को उखाड़ फेंकेगे, इसका कोई यकीन नहीं करता था। पर महात्मा गांधी के रहस्यों को समझना इतना ही कठिन था कि जितना ग्राह से गज के फन्दे छुड़ाना।

हमें आज्ञा मिली कि जहां कहीं भी खारी मिट्टी मिले उसे पानी में घोलकर भट्टी पर चढ़ाओ और अपने ज़िले के कलक्टर को चुनौती देकर और ढोल पीटकर खुले आम नमक बनाओ। देहरादून ज़िले का पहिला जत्था चौ० बिहारीलाल के नेतृत्व में खाराखेत नामक स्थान पर पहुंचा। वहां पर एक छोटा-सा नमकीन झरना था, उसीका पानी लेकर नमक बनाया और छोटी-छोटी कागज़ की पुड़ियां। बनाकर गांधी का नमक 1 रु० 10 रु०, 20 रु० में, एक, दो, तीन, गांधी का नमक......जितनी पुड़ियां बनतीं हाथ के हाथ नीलाम हो जातीं। फिर पुलिस आई और नमक छीन के ले गई। अगले दिन पौ फटने से पहले ही हमें पकड़कर जेल भेज दिया। वहां जाकर देखा तो पं० नारायनदत्त डंगवाल, पं०

नरदेव शास्त्री, चौ० हुलास वर्मा, विचारानंद सरस्वती और चौ० बिहारीलाल पहिले ही आ चुके थे। अगले ही दिन मुकदमे की कार्यवाही जेल में पं० बेनीप्रसाद डिप्टी कलक्टर के इजलास में शुरू की गई। उन दिनों पुलिस के पास दस, पंद्रह व्यक्ति स्थायी गवाह रहते थे। जब कोई राजनैतिक मुकदमा चला तो हिर-फिरकर वही सत्तार खां, अब्दुल्ला कबाड़ी और अल्लाबख्श ठेलेवाले खुदा को हाज़िर जानकर सच-सच कह जाते कि बन्दा मौके पर हाज़िर था और वाकया मेरा चश्मदीद है ...दो या तीन गवाह अपनी शहादत दे चुके तो हम लोगों से पूछा गया कि सफाई देना चाहते हो तो बोलो। मैंने खड़े होकर कहा, "इस्तगासे का सबूत तो खत्म हो चुका पर सरकार यह साबित करना भूल गई कि हमारी नीलाम की हुई पुड़िया में नमक था, फटकरी, चाक या चूना?" मजिस्ट्रेट ने कहा, "यह सबूत की खामी (कच्चाई) है। यदि आप लोगों को आपत्ति न हो तो अदालत स्वयं चखकर देख सकती है।" मैंने कहा, "हमें कोई एतराज़ नहीं है।" डिप्टी साहिब ने एक पुड़िया में से चुटकी भरी और मुंह में डालकर हंसते हुए बोले, "है तो नमक।" मैंने कहा, "बस अब आप हुक्म सुना दीजिए। वर्षों से अंग्रेज़ों का नमक खा रहे हो पर अन्तिम नमक गांधी का खाया है, इसको न भूल जाना।" उनका सौजन्य कि चेहरे की हवा उड़ गई और नीची-सी गर्दन करके दबी ज़बान से बोले, "छः महीने की सादी सज़ा,और राजनैतिक बन्दियों की उच्च श्रेणी।" हमने गांधी जी की जय बोल दी और अदालत बरखास्त। मजिस्ट्रेट ने हाथ जोड़कर हम छः बन्दियों को नमस्कार किया और चले गए। कुछ दिन बाद हमने सुना कि घर जाते ही पं० बेनी प्रसादजी ने छुट्टी ले ली और नौकरी से रिटायर हो गए। हमें फैज़ाबाद जेल भेज दिया

गया। पर चूंकि हमारे कई साथियों को सी क्लास में अनैतिक कैदियों का सा बर्ताव मिल रहा था, हम छः व्यक्तियों ने उनकी सहानुभूति में अपनी उच्च श्रेणी छोड़ दी और मामूली कैदियों की तरह ज़मीन पर सोने और लोहे के तसलों में दाल-रोटी खाने लगे।

अपनी जेल की मियाद पूरी करके घर लौटे तो स्टेशन पर मित्रों की भीड़ स्वागत के लिए आई। वह भी अजीब दृश्य था। पाठकों को क्या पता कि मन में कैसी गुदगुदी-सी उठती है कि जब दो आंखों से दो हज़ार पुतलियां अपनी नज़रें भिड़ाती हैं। ऐसे अवसर पर अच्छे-अच्छों की मुंद जाती हैं और मुंह से लेने लगते हैं सांस कि जल्दी से भर लें पेट प्रेम-रस से। पिघल-पिघलकर चूने लगती है। मानसता और लाल हो जाती हैं आंखें। यह पुनीत क्षण भी मनुष्य के जीवन में इने-गिने ही होते हैं। फिर भीड़ को हटाती हुई कुछ महिलाएं ले आईं शर्मदा को सामने। मुड़ी-तुड़ी साड़ी और थकीमांदी मुद्रा, हाथों में हार, गत छःमासी पंचांग की प्रतिमा। किसी और की गोद में छः महीने की अंगूठा चूसती हुई उमा थी। जो मेरे पकड़े जाने के 10 दिन बाद हुई थी। "इसे पहचानते हो?" कहकर उस बहन ने उमा को मेरी गोद में दे दिया। वो मेरा कान नोचने लगी। सब हंस पड़े। मेरी आंख गदला गईं। फिर क्या था, छूत की बीमारी की तरह सबकी आंखें पसीज गईं। मनुष्य की भावनाएं भी क्या बरसाती बादलों की तरह मंडलाती हैं कि कभी धूप तो कभी छाया।

इन दिनों आन्दोलन कुछ ढीला-सा पड़ गया था, करीब-करीब सब ही कांग्रेस वाले जेलों में बन्द थे, जो इने-गिने बाहर थे वे पं० मोतीलाल नेहरू की आज्ञानुसार विलायती कपड़े की दुकानों पर धरना लगा-लगाकर जेल जा रहे थे। देहरादून में

शर्मदा त्यागी डिक्टेटर थीं और उनके बाद खुररौदलाल (जो बाद को केन्द्रीय सरकार के डिप्टी मिनिस्टर बने और पाकिस्तान में हमारे हाईकमिश्नर भी नियुक्त हो गए थे कि उनका स्वर्गवास हो गया) की जेल जाने की बारी थी। एक दिन सूचना मिली कि ऐशले हाल पर कपड़े की दुकानों पर पिकैटिंग करने वालों को पुलिस ने बहुत बुरी तरह पीटा है। फौरन बाज़ार की हड़ताल हो गई और शर्मदा और खुरशैदलाल पिकैटिंग करने के लिए मौके पर पहुंचे । साथ ही हज़ारों की भीड़ इकट्ठी हो गई। पुलिस ने लाठी चार्ज कर दिया। भग्गी पड़ गई, जैसे ही श्री खुरशैदलाल और शर्मदा को पुलिस ने लाठी के ठुड्डे मारने शुरू किए। दुकानदारों ने अपनी दुकानें बन्द कर दीं। फिर हम सब लोग कांग्रेस दफ्तर में आए जहां घायलों की मरहम-पट्टी हो रही थी कि शर्मदा ने मुझे इशारे से एक ओर बुलाया और डिबडिबाती आखें फाड़कर बोली, “कहीं से एक टार्च मंगा लो कि बड़ी परेड पर चलकर ढूंढें कहीं शम्भू (डिक्टेटर साहिबा की छः महीने की बच्ची को गोदी लेकर साथ चलने वाला कांग्रेस का स्वयंसेवक) उसे छोड़कर न भाग आया हो और वह भीड़ में कुचली पड़ी हो । क्योंकि सब लोग आ गए पर शम्भू नहीं आया।” मुझे भी चिन्ता हुई, पर मैंने हंसकर कहा, “यदि सचमुच परेड पर पड़ी मिली तो लोग कहेंगे कि गांधी की सत्याग्रही सेना ने ऐसी बहादुरी दिखाई कि डिक्टेटर साहिबा अपनी लड़की तक को छोड़ भागीं।” मां की ममता, कि मेरी बात सुनकर शर्मदा की हिचकी बंध गई। सब लोग परेशान इधर-उधर शम्भू की तलाश में भागने लगे और हम दोनों को ढाढ़स देने लगे कि आप वहां न जावें, शम्भू ऐसा गैरज़िम्मेदार नहीं है कि उमा को परेड पर छोड़कर भाग आवे।

थोड़ी देर बाद अंग्रेज़ लाइन इन्स्पेक्टर सोती हुई उमा को गोदी में उठाए आश्रम में आ पहुंची। शम्भू भी साथ था। आते ही उसने शम्भू की कमर थपककर कहा कि यह आदमी विक्टोरिया क्रास का हकदार है। परेड के मैदान से हज़ारों आदमी लाठी के डर से भाग गए पर यह आदमी चौपाये की तरह कमर ऊपर किए उकडूं पड़ा रहा। पुलिस ने उसको भागने का मौका दिया पर इसने मना कर दिया। पुलिस के तीन जवान इसकी कमर पर बेंत मारता था कि हमारे साहिब (सुपरिटेण्डेण्ट) ने देखा और इसको ठोकर लगाकर बोला, तुम भागता क्यों नहीं। इसने जवाब दिया, "जब तक जान में जान है भाग नहीं सकता। देहरादून की अमानत मेरे पास है।" साहिब ने उसे उठाया तो लड़की उसके नीचे घास में पड़ी अंगूठा चूसती थी। साहिब कहता है कि मिसेज़ त्यागी को बोलो, ऐसे मौके पर बच्चे को नहीं लाना चाहिए।

कुछ दिन बाद शर्मदा भी पकड़ी गई और श्री खुररौदलाल भी। शर्मदा के साथ हमारे ज़िले की प्रमुख देवियां श्रीमती श्यामा देवी, कुमारी सरस्वती, बहिन सरस्वती सोनी, श्रीमती करतार देवी और शर्मदा की बड़ी बहिन भगवती देवी भी पकड़ी गईं। और इन सबको छः-छः महीने की सज़ा करके फतहगढ़ जेल भेज दिया गया। महीने पीछे मुझे ज़िला बिजनौर में गंगा-स्नान के मेले में गिरफ्तार करके फिर एक वर्ष की सज़ा दे दी और मुझे फैज़ाबाद जेल भेज दिया।

फिर सभी अपनी-अपनी सज़ा काटकर घर आ गए। गांधी-इरविन सन्धि हो गई। सब ही राजनैतिक कैदी छोड़ दिए गए। महात्मा गांधी गोलमेज़ कान्फ्रेंस में विलायत चले गए। इस बीच गेहूं के भाव इतने सस्ते हो गए कि किसानों को अपना लगान चुकाना

कठिन हो गया। गेहूं 1 रु० 14 आ० मन के भाव बिकने लगा। जवाहरलाल नेहरु कांग्रेस के प्रधान थे, मोतीलाल जी का स्वर्गवास हो गया था। यू०पी० कांग्रेस कमेटी ने लगान-बन्दी को आन्दोलन आरम्भ कर दिया, कि फिर मेरी बारी आ गई।

अच्छा-खासा किसी काम से बाज़ार जा रहा था कि पुलिस ने आ घेरा, वारण्ट है। कोतवाल और सरकिल इन्स्पेक्टर जान-पहिचान के थे, जैसे ही उन्होंने मोटर में बिठाया मैंने कहा, "क्या बैरिस्टर चटर्जी की ओर से नहीं निकाल सकते ?" वे भी बाल-बच्चेदार आदमी थे। कहने लगे, "बीच बाज़ार से ले जाने से हंगामा हो जाने का डर है, हम तो खुद ही बाहर-बाहर से ले जाना चाहते हैं।" बस लिटन रोड पर चल पड़े, फाटक पर मोटर खड़ी की और बैरिस्टर साहिब को आवाज़ दी। बाहर आते ही उन्होंने देखा कि फिर चल दिए यार लोग हज को। बैरिस्टर साहिब की अजीब हुलिया (आकृति) थी। आंखों में दुःख-भरा प्रेम-रस और होठों पर गौरव-सनी मुस्कान। मोटर में झांका तो पुलिस वाले बाहर निकलकर अलग खड़े हो गए। क्योंकि देहरादून के सब ही लोग जानते थे कि श्री जे० एस० चटर्जी हरदयाल एम० ए० जैसे पुराने क्रान्तिकारी के साथ और रासबिहारी बोस को देहरादून में बसाने वाले व्यक्तियों में से थे। मैंने कहा, "बैरिस्टर साहिब, आप जानते हैं कि शर्मदा कितने स्वाभिमान वाली स्त्री है, वह किसीसे सहायता तो स्वीकार न करेगो," बस आगे कुछ न कहने दिया। बोले, "फिक्र न करो, मैं सब देख लूंगा, नमस्कार।"

मुझे जेल में बन्द कर दिया गया। दो-चार दिन बाद जेल ही में मुकदमे की सुनवाई हुई। बहुत-से दर्शक अन्दर आप जिनमें स्त्रियां भी काफी संख्या में थीं। मजिस्ट्रेट अंग्रेज़ था। हथकड़ी

डालकर हमें बैरक से उस चौक में लाए कि जहां खुला इजलास होना था। आते ही अदालत की कार्यवाही शुरू हो गई। थोड़ी देर बाद शर्मदा भी आ गई। मुझे देखते ही उमा ने शोर मचा दिया- पापा, पापा। और अपनी पाछी (वो अपनी मां को पाछी कहती थी) के कपड़े नोच डाले। कई दिन की बिछड़ी हुई बागी की औलाद उस बिचारी को अदालत के नियमों का क्या पता। अभी अठारह महीने की थी। जबरदस्ती अम्मी की गोद से छूटकर घुटनियों चलती मेरे कुर्ते को पकड़कर खड़ी हो गई और मेरी गीली आंखों में अपनी बाढ़-पीड़ित अखें डालकर 'गोदी, पापा, गोदी' चिल्लाने लगी। मजिस्ट्रेट भी तमाशा देखने लगा। और देवियों ने चुपके-चुपके अपनी आंखें पोंछनी शुरू कर दी। मैंने अंग्रेज़ी में कहा, "क्या अदालत एक मिनिट के लिए बन्दी को अपनी बच्ची के चुमकारने की आज्ञा देगी ? हुक्म हो तो मैं इसे गोदी उठा लूं।" इतना कहना था कि स्त्रियां फूट-फूटकर रो पड़ीं और मर्दों ने भी अपने रूमाल निकाल लिए। मजिस्ट्रेट ने द्रवित स्वर में कहा, "तुम्हारे बीच में भगवान भी आने की हिम्मत न करेगा।" बस मैंने उभी ठुमी को उठा लिया।

इस लड़की ने गोदी आने पर वह उत्तेजना और चुलबुलाहट दिखाई कि मैं भी दंग रह गया। इधर चूमे ऊपर-नीचे, कभी कान में कनबाती कुर्रर कर दें तो कभी गुलगुली–"पापा, पापा घर चलो।" अदालत से बात करूं तो मेरे मुंह पर हाथ धर दे। एक तमाशा हो गया। लोग हंसे भी और प्रेमजल भी पोंछें, अदालत की कार्यवाही असम्भव हो गई। शर्मदा को कहा गया कि अपनी लड़की को ले जाओ, उसने जवाब दिया, "शायद वो बिना पापा को साथ लिए घर न जाएगी।" सब लोग हंस पड़े। फिर पुलिस को कहा

गया, “लड़की को अलग करो।” वो मुझसे चिमट गई पर पुलिस वाला रोती-बिलबिलाती को छीनकर बाहर ले गया। जल्दी-जल्दी मुकदमे की कार्यवाही पूरी की गई और मुझे एक वर्ष की कड़ी कैद और पांच सौ रुपये जुर्माना सुना दिया। बैरक में भेजने से पहले एक बार फिर उमा को देखने का अवसर दिया गया। शर्मदा ने बड़े साहस से काम लिया। कुछ दिन बाद मेरा तबादला लखनऊ जेल कर दिया गया। वहां और भी बहुत-से राजनैतिक कैदी थे। फाटक पर तलाशी बहुत सख्ती से ली जाती थी। यदि किसी जमादार से तिकड़म भिड़ाकर कोई चिट्ठी-पत्री मंगा भी लें तो डर था कि पकड़ी गई तो वार्डर डिसमिस होगा और हमारी छः महीने सज़ा और बढ़ जाएगी।

सन् 1921 में कि जब मैनपुरी षड्यंत्र के बन्दी श्री चन्द्रधरा जौहरी के साथ नैनी (इलाहाबाद) जेल की कालकोठरी में बन्द था तो तिकड़म की चिट्ठियों के लिए मैंने एक नई लिपि बना ली थी। इस लिपि की वणक्षरी लिखकर शर्मदा के पास भेज दी। उसने तुरन्त ही उसे याद कर लिया और कुछ दिन बाद तिकड़म से एक पत्र भेज दिया जिसमें लिखा था।

“बैरिस्टर साहब का पत्र आया, लिखा था कि पांच-छ: बरस हुए आपने उन्हें ढाई सौ रुपए दिए थे पर आपने कभी याद नहीं दिलाई। इन्कम टैक्स वालों ने पूछा तो उन्हें याद आई कि त्यागी जी से चैक लिया था। उन्होंने लिखा है कि यदि आपको त्यागी जी की ओर से रुपया वसूल करने का अधिकार हो तो एक आने का टिकट लगाकर ढाई सौ रुपये की रसीद भेज दें वर्ना जेल का पता लिखें मैं मनिआर्डर से भेज दूंगा। मैंने धन्यवाद के साथ रसीद भेज दी तो तुरन्त ढाई सौ रुपये आ गए। और किसीको रुपया दे रखा

हो तो उसे भी वसूल कर लूंगी।"

पत्र को लिपि।

पत्र को पढ़कर बैरिस्टर साहब की पूरी तस्वीर सामने आ गई। कई दिनों तक उन्हीं से बातें करता रहा—कैसा विशाल हृदय है।

गैल से लौटने पर जब शर्मदा को बैरिस्टर साहब के कर्ज़ें का हाल सुनाया, वह बहुत लज्जित हुई और तकाज़ा करने लगी कि रुपये को जल्दी लौटा दो वर्मा उनसे और उनकी स्त्री से बात करने को मुंह नहीं पड़ेगा। मित्रों के कहने से बीमा कम्पनी की एक एजेंसी ले ली थी। शहर के बहुत-से लोगों ने बीमे करवा लिए कि जिससे चार सा-पाँच सौ रुपये मासिक की आय होने

लगी। कमीशन का पहला चैक मिलते ही मैं बैरिस्टर चटर्जी के पास पहुंचा। उनके साथ हुक्का पिया करता था। पीते-पीते मैंने कहा, "बैरिस्टर साहब, वो ढाई सौ रुपये लाया था।" बोले, "मेज़ पर रख दो और बस हुक्का वापिस कर दो।"मैंने कहा, "इसमें नाराज़गी की क्या बात है" तो मुझे कहने लगे, "आपका कोई दोष नहीं मेरा स्वार्थ था जिसके कारण आपसे मैत्री की थी पर अब वो बात नहीं रही, हमारा सम्बन्ध बदल गया।" रुपया मेज़ पर रख चुका था पर बैरिस्टर साहब की बात सुनकर असमंजस में पड़ गया। फिर ठंडी सांस लेकर बोले, "आप जानते हो मेरी बुढ़ापे की संतान केवल एक टिंचू (पुत्र) है। जब तक वह कालिज जाने योग्य होगा मैं ज़िन्दा न रहूंगा। अपने मन में यह सोचकर ढाढ़स कर लिया करता था कि खुरशैद है, त्यागी हैं ये दोनों मिलकर उसे पढ़ा देंगे। पर आज ज्ञात हुआ कि तुम तो उधार चुकाने वाले रिश्ते में विश्वास रखते हो। मेरे मरने पर तुम टिंचू पर क्यों खर्च करोगे ? तुम्हारे रुपये को वापिस करने वाला तो दुनिया में होगा नहीं।" मैं रुपये को वापिस लेने लगा तो हंसकर बोले, "यदि शर्मदा के डर से वापिस कर रहे हो तो कोई बात नहीं, अभी खुरशै दलाल को बुलाकर इसका फैसला करता हूं।" खुरशैदलाल के आने पर बैरिस्टर साहब ने कहा कि ये ढाई सौ रुपये बिहार भूकम्प फंड में जमा करके 125 रु० की रसीद त्यागी जौ के नाम और 125 रु० की मेरे नाम काट दो। इस तरह से दो मित्रों के बीच में समझौता हो गया। ईश्वर की कृपा से बैरिस्टर साहब अभी जिन्दा हैं और उनके पुत्र टिंचू (अनिलकुमार चटर्जी) भी एम० ए० पास करने के बाद देहरादून में ही एक सरकारी अफसर हैं और घर के और सब लोग भी प्रसन्नचित्त हैं।

श्रीचरणों का सौदा

प्रो० रामदेव और आचार्या विद्यावती जी ने गांधी जी को कन्या गुरुकुल आने का निमंत्रण दे रखा था। मंगलाचरण में कन्याओं ने संस्कृत के पद गाए। बापू ने आशीर्वाद देते समय सबको विस्मित कर दिया :

"राग का दर्जा भाषा और कविता से कहीं ऊंचा है, और रागरागिनी तो वर्ण-व्यवस्था की उपासक ठैरीं। तुमने धनाश्री के स्वरों में भीमपलासी के स्वर मिला दिए। ऐसा करने से राग वर्णसंकर हो जाता है। भले ही किसी मात्रा को लघु से दीर्घ करना पड़े परा स्वर को बदलना ठीक न होगा। स्मृति की भूल माफ हो सकती है पर श्रुति की नहीं। राग तो श्रुति है।"

जल्से के बाद जब सब लोग खड़े हो गए तो बापू ने सबके सामने शर्मदा (लेखक की पत्नी) को कान पकड़कर उसका मुंह इधर-उधर घुमाना शुरू कर दिया। मैं मर्दों में दूर खड़ा था। पर मेरी आंख बापू में और मन शर्मदा में अटका था। बापू ने पूछा, "यह कान में क्या पैना है, कुछ खूबसूरत भी नहीं लगता।" शर्मदा ने अपने बुन्दे निकालते हुए कहा, "क्या यह भी आपकी भेंट करा हूं ?" "हां, बापू ले सकता है, पर पीतल के तो नहीं हैं ?" कहते हुए बापू ने बुन्दे झोले में डाल दिए। जीवन-भर शर्मदा को अपने कान खिंचाने पर नाज़ रहा।

स्त्रियों की सभा

हमारे सजे-सजाए पंडाल में देवियों की सभा हुई, न जाने कहां से आसमान फाड़कर के उतर आई थीं स्त्रियां। सारा मैदान अटा पड़ा था स्त्री-बच्चों से। अकेले शहर की ही नहीं, दूर-दूर से चूड़ीबिछवे खनकाती और बैलगाड़ियों में गाती-बजाती आई थीं। उनकी संख्या को देखकर मैं डर गया कि कहीं सभा असफल न हो जाए।

शर्मदा ने स्वागत-पत्र पढ़ा। फिर थैली भेंट की। करीब दो हज़ार की थी। उसके बाद बापू का भाषण हुआ, "समाज में स्त्रियों का महत्त्व।" बापू की तबियत ऐसी खुश हुई जैसे कभी न हुई होगी। भाषण के बाद बोले :

"मैं तो ज़ेवर भी ले सकता। दरिद्रनारायण के लिए अंगूठी भी ले सकता, और चूड़ी भी। ज़ेवर देने में तो मर्द को पूछना क्या ? वह तो स्त्री-धन है। फिर देर क्यों करना। सब थोड़ा-थोड़ा ज़ेवर मुझे दे सकतीं। यहां आने की ज़रूरत नहीं, मैं तो वहीं आकर ले सकता।"

फिर उतर पड़े मंच से स्त्रियों के अथाह समन्दर में। दोनों हाथों की अंजुली बना भिखारी रूप देवियों में घूमने लगे। गुल मच गया। "अरे महात्मा यह ले", "जगह छोड़", "ऊपर क्यों चढ़ी आती है", "आँख फूट गई तेरी," "मेरी क्यों, आंख फूटे तेरी" आदि। बच्चों की चिल्ल-पों से सारी सभा अंग-भंग हो गई। बापू को वह धक्के लगे कि कभी-कभी तो ज़मीन पर पैर भी न टिक सका। मैं भी क्या करता, मर्द होते तो चिल्लाता, धक्के-मुक्के करके बापू के लिए रास्ता बनाता। अब मैं भी लाचार, और बापू मेरी लाचारी को भांपकर हंस दिए।

एक स्त्री अपनी दो उंगलियों में एक इकन्नी दबाए लम्बा हाथ किए दूर से चिल्ला रही थी, "ओ महात्मा ! ले मेरी इकन्नी भी लेता जा।" बापू ने स्त्रियों के सिर के ऊपर से अपनी अंजुली बढ़ाकर कहा, "ला"। उसने इकन्नी डाल दी तो बापू बोले, "अभी तो पैर भी छुएगी ना ?"

"हां छुऊंगी।"

"तो फिर पैर छूने की इकन्नी और लूंगा।"

ताना-सा देते हुए उस गांव की औरत ने पूछा, "किराये के छुवावे क्या पैर भी तू ?"

बापू ने कहा, "हां।"

भरे जल्से में श्रीचरणों का सौदा हो गया। उसने एक इकन्नी और दे दी और बापू ने पैर आगे बढ़ा दिया। जब बापू की अंजुली रुपये, पैसे, नोट और ज़ेवरों से भर गई तो बच्चों की तरह ऊपर को हाथ उठाकर खौंच ढीली कर दी। सारा सामान नीचे गिराकर बोले, "यह तो फिर खाली हो गया।" फिर भर गई, फिर खाली, फिर भरी, फिर खाली। उस पंडाल में न जाने कितनी जगह बापू ने रुपये, पैसे और सोने से मिट्टी की तरह खिलवाड़ की। एक स्त्री से, जो अंगूठी दे रही थी, पूछा, "हाथ में से निकाल के दी है या ज़मीन से उठाकर ?" कैसी खिलवाड़ थी वह ! सारे नोट भीड़ में कुचल गए। पर वह व्यक्ति जो एक-एक पैसे का हिसाब रखता था, आज लुटा रहा था खज़ाना मिट्टी के मोल। और हमारे ज़िले की मातृ-शक्ति न्यौछावर कर रही थी प्रेम और भक्ति। याद करके उस दैवी दृश्य को आत्मा तृप्त हो जाती है।

फिर मैंने तीन-चार लड़कियों को तैयार किया कि वे घुस जाएं भीड़ में और स्त्रियों से बाहर निकाल लाएं बापू को। श्री नरदेव शास्त्री

और ठाकुर मंजीत सिंह बापू को कैम्प में ले गए। जाते हुए बापू मुझे कह गए, "अपने सामने खूब झाड़ के रुपये बटोरना, भला!" जल्दी-जल्दी स्त्रियों से पंडाल खाली कराया और भलगजे, फटे-टूटे नोट और नथ, बाली, बुन्दे और चूड़ी, दुअन्नी, चवन्नी और रुपये सम्हाले और कैम्प में पहुंचा दिए।

"मुझे तेरा एतबार नहीं"

रात को प्रार्थना के बाद मेरी पुकार पड़ी। मैं दरबार में हाज़िर हुआ। इस आशा से गया था कि हमारे काम से बापू खुश हैं, इसलिए बुलाया। पर जाते ही बापू ने कहा।

"मैंने तो बोला था अपने सामने दरी झाड़कर सारा पैसा इकट्ठा करना, तूने किसी दूसरे को बोला ऐसा मुझे लगता है। क्योंकि सारी चीज़ तो आई नहीं।" मैंने विश्वास दिलाया कि मैंने अपने सामने सारा पंडाल ढुंढ़वाया है।

बापू ने ज़ोर से कहा, "झूठ मत बोलो, मुझे तेरा एतबार नहीं, तूने नहीं देखा। ऐसा आदमी तो किसी काम का नईं जो अपनी जुम्मेवारी दूसरे पर उतार दे। खुद देखना चाहिए था। मैं ने तो तेरे भरोसे रुपया फर्श पै छोड़ दिया।"

मैंने घबराकर पूछा, "बापू, आपको यह किसने कहा कि मैं वहां नहीं था?"

बापू ने एक सोने का बुन्दा निकालकर मुझे दिखाया, "मुझे यह बुन्दा बोलता है कि तू वां नईं था। भला कोई स्त्री मुझको एक बुन्दा देगी और दूसरा अपने कान में रखेगी? इसका जोड़ीदार क्या हुआ? अगर आंख खोल के देखता तो मिलता। जो पब्लिक के पैसे के साथ

लापरवाही करता, वह तो भरोसे का आदमी नईं है। मेरे पास तो कोई अपनी पूंजी नईं, में इस नुकसान को कहां से भरूंगा ? जब तक बुन्दा नईं मिलता, वहीं जाकर झाड़ू लगाओ, चलो।"

रात हो गई थी, मैं पिटा-कुटा-सा पंडाल में पहुंचा, गैस के हंडे मंगाए, टोर्चें लीं और कुछ वह मित्र लिए जो अपनी बिगड़ी-बनी के साथी थे। दरी-चटाई सीधी कीं, उल्टी कीं, तकदीर की बात, बुन्दा मिल गया, और उसके साथ कुछ फटे तुसे-मुसे नोट मिले, पैसे-रुपये मिले, एक-दो अंगूठी, छल्ले, चांदी के बाले आदि सब मिलाकर 250) रुपये के लगभग का सामान और मिला होगा। इसे किस मुंह से वहां ले जाऊं ? बुन्दा मिल गया, बताऊं या न बताऊं, इंस असमंजस में पड़ गया, फिर मन ने कहा कि गांधी से चोरी न करो। सब सामान किसी मित्र के हाथ यह कहकर पहुंचवा दिया कि फाटक पर जमा कर गया है, शर्म के मारे आपके सामने नहीं आया। बापू की उस दिन की डांट को याद करके प्यार उमड़ आता है। आजकल के गुलाबी लीडर तो 'आप-आप' करके बोलते हैं। मां-बाप, गुरु और बड़े भाई की डांट-धमकी, गाली और चपतबाज़ी की तह में जितनी अपनावट और प्यार है, उसका सौवां हिस्सा भी आजकल के दुलार-प्यार और चुमकार में नहीं मिलता।

कड़ी परीक्षा

सन् 1930 के नमक-सत्याग्रह के बाद गांधी-इरविन संधि के अनुसार सभी कांग्रेस वाले जेलों से छोड़ दिए गए थे। उन दिनों मैंने देहरादून के पास अजबपुर नामक गांव में एक डेरी चला रखी थी। मियां-बीवी तो दिन-रात कांग्रेस के कामों में जुटे रहते थे और हमारी गायें अपने ही मुंह की बनाई हुई झागों से पेट पालती थीं। बिचारी भूखी-प्यासी दांत चबा-चबाकर अपनी दोपहरी बहलाती थीं। एक दिन एक गाय जो 12 सेर दूध देती थी, अपने बच्चे को तकिया लगाए, लम्बी गरदन किए ज़ोर-ज़ोर से रम्भा रही थी। हम दोनों घर आए तो क्या देखते हैं कि उसका बच्चा मर गया था। वह पवित्र, अगाध और निर्दोष पशु-प्रेम और आत्मिक आवेदना हमसे सही न गई। मां अपने बछड़े से बिछड़ने को तैयार नहीं थी। बड़ी मुश्किल से बछड़े को घसीटकर अलग किया। फिर उसे उठवाकर बाहर चले तो गाय टिकटिकी बांधे दरवाज़े की ओर देखती रही। लौटकर आए तो हमें देखकर उसने ऐसा सिर धुना, ऐसे पैर पीटे और ऐसी 'मां-मां की रट लगाई कि मानो सारे जगत को मातृत्व साक्षात् रुदन कर रहा हो। धन्य है मां की ममता ! शर्मदा भी उसको गले लगाकर ऐसे फूट-फूट कर रोई कि जैसे दो बहनें विलाप करती हों। मेरे लिए तो वह दृश्य आज भी मंदिर की मूर्ति की तरह आरती उतारने योग्य है।

तलाशी

एक दिन मेरे घर की तलाशी का हुक्म हो शहर गया। मैंमें आया हुआ था। पीछे पुलिस गांव में पहुंची। घर पर शर्मदा थी और एक क्रांतिकारी मित्र थे जो दो-तीन वर्षों से किसी षडयंत्र के सिलसिले में 'रूहपोश' (छिपे फिरते) थे। संन्यासियों के गेरुवे वस्त्र पहने स्वामी अशोकानन्द के नाम से ऋषिकेश आदि में कांग्रेस का कार्य करते थे। मुझे मालूम हो गया था कि उनका असली नाम सोमेंद्र मोहन मुखर्जी है। मैंने एक दिन उन्हें अपने घर बुलाकर उनकी दाढ़ी पकड़ ली और यह कहकर ज़बरदस्ती कैंची से काट दी कि बहुत दिनों तक स्वामी जी बनकर आर्शीवाद देते आए हो, अब छोटे भाई की तरह भावज को प्रणाम करो, मुखर्जी। दाढ़ी मुंड़ने पर मालूम हुआ कि नौजवान लड़के हैं। बस मेरे रूखी-सूखी के साझीदार हो गए और क्योंकि मैं कट्टर किस्म का गांधीवादी था इसलिए मैंने मुखर्जी से वायदा ले लिया कि आयंदा से षडयंत्रियों से कोई सम्बन्ध नहीं रखेंगे और चरखा कातेंगे। वे तो एकदम कट्टर गांधीवादी हो गए। षडयंत्रियों के लिए यह कोई कठिन बात नहीं है। वे सब कुछ हो सकते हैं। मेरे छोटे भाई, मुनीम और मैनेजर सब कुछ हो गए। एक दिन शहर में आकर उन्होंने बताया कि पुलिस आई थी, इधर-उधर घूमकर चली गई।" हम लोग खाना खाकर बेफिकरी से ऊपर के कमरे में सोने चले गए। रात को करीब 12 बजे मैंने नीचे का दरवाज़ा खुलने की आहट सुनी, आंख खुल गई। इतने में क्या देखता हूं कि कोई व्यक्ति चोरों की चाल चलता हुआ चुपके-चुपके हमारे कमरे में घुसा और इशारे से शर्मदा को जगाकर बरामदे में जा खड़ा हुआ। शर्मदा ने मेरी ओर देखा। मैंने

आंखें मीच लीं। फिर शर्मदा अपनी चारपाई से ऐसे उठी कि कहीं आहट न हो जाए और कमरे से बाहर आकर चुपके-चुपके चोर से चार बात करके चारपाई पर आ लेटी। इसी बीच मैं उसकी रज़ाई में सरक गया था। वह तो समझती थी कि वह मुझसे होशियार है पर रजाई में पैर डालते ही उसने देखा कि चोरी में भी मैं उसका गुरू हूं। लौटते ही मैंने पूछा कि यह कौन यार हैं कि जिन्हें पति के पास से उठा ले जाने का अधिकार प्राप्त है। उसने कहा, "यार-वार तो तुम्हारे होंगे। खबरदार जो ऐसी बात कही, मैं बापू को लिख दूंगी। मैं भी जेल काट आई हूं। जो तुमसे हो सके कर लो। मैं उसका नाम नहीं बताऊंगी।" फिर मैंने उसकी बांह पकड़के मरोड़ना शुरू कर दिया, "या तो बताओ नहीं तो तोड़ दूंगा।" कुछ देर तो वह हंसती रही फिर ज़ोर से चिल्ला पड़ी, "बताती हूं, बताती हूं, पर कसम खाओ कि तुम मुखर्जी से नहीं कहोगे।" मैंने कहा, "कसम।" फिर शर्मदा ने बताया, "जैसे ही पुलिस ने आवाज़ दी, मुखर्जी फाटक पर आए और वारंट देखकर बोले, अभी बाहर रहो, अंदर आने से पहले मैं आपकी तलाशी लूंगा कि भाई साहब को फंसाने के लिए कोई गैर कानूनी चीज़ अपने साथ तो नहीं लाए हो।' फिर भागे हुए अन्दर आए और अपने कमरे के अन्दर चले गए और एक बेंत की कुरसी अमरूद के नीचे बिछाकर मेरी तरफ लपके और एकदम मेरी चोली के अन्दर हाथ डाल दिया। मैं हक्की-बक्की-सी रह गई और सोचने लगी इनका दिमाग खराब है क्या। इतने में मेरी छाती में ठंडा-ठंडा लोहा-सा सरकता अनुभव हुआ। मैं समझी कि कोई छुरी है। मुखर्जी का हाथ झटकने को थी कि पल-भर में मैं समझ गई कि उनके पास कोई बिना लायसेंस के पिस्तौल है जिसे छिपाने के लिए इतनी बदतमीज़ी पर उतरे हैं। फिर बोले, 'भाभी जी, आप

अमरूद के नीचे वाली कुरसी पर बैठ जाओ और अखबार पढ़ती रहो। जब पुलिस अन्दर आएगी तो आप चाबी का गुच्छा उनकी तरफ फेंक देना।' मेरा कलेजा धूक्-धूक् करने लगा। कुरसी पर तो बैठ गई पर मेरी नज़र अपने जस्फर पर थी कि कहीं हृदय की धड़कन से वह पिस्तौल तो नहीं हिल रहा। आधे घंटे में पुलिस वापिस हो गई। मुखर्जी से कह गई कि त्यागी जी से कह देना कि फिक्र न करें। अगर कुछ ऐसी-वैसी चीज़ होती भी तो हम उसको नोट करने वाले नहीं थे। पुलिस के चले जाने के बाद मुखर्जी ने मेरे पैर पकड़ लिए और मुझसे वचन ले लिया कि मैं आपसे उस पिस्तौल की कोई चर्चा न करूं। मैंने कहा, 'मुखर्जी, आपने तो आज मेरा घर बरबाद करने का इन्तज़ाम कर दिया था।' वै पिस्तौल को शहर में छिपाने चले गए और अभी यह कहने आए थे कि हराधन बैनर्जी के घर रख आया हूं।"

मुखर्जी का बनवास

वैसे तो मैं वायदा कर चुका था, पर अपने मुंह और अपनी बीवी से किए वायदों को तोड़ने में लोक-लाज न होने के कारण कोई देर नहीं लगती। मैंने दिन निकलते ही मुखर्जी को कह दिया कि तुम ने विश्वासघात किया है, फौरन घर छोड़ दो। मुखर्जी अपना बिस्तरा और किताबें बांधकर "भाभी जी वंदे, भाई साहब वंदे और ऊमी हुमी (उमा) अमरूद के बराबर" कहकर पड़ोस के एक मित्र श्री घनश्यामसिंह रावत के घर चले गए। रावत जी भी जेल काट चुके थे। उन्होंने मुखर्जी को बड़े प्यार से रक्खा। मेरे घर से निकाल देने के बावजूद रोज़ प्रातः फाटक से बाहर आकर खड़े हो ज़ाते और

ज़ोर से "भाई साहब, वंदे" कहते। कभी-कभी मैं भी बाहर जाकर उनसे बात कर लेता। मैं ज़िला कांग्रेस कमेटी का प्रधान और वे मंत्री थे, दोनों पहले की तरह साथ-साथ साइकिलों पर शहर जाते। दिन-भर काम करते और शाम को लौट आते। मुखर्जी ने कभी यह नहीं झलकने दिया कि उनके मन में मैल है। ऐसा प्यारा सुभाव और अगाध देशभक्ति !आखिर हम भी तो आदमी थे। जाड़ों का मौसम आया। घर-भर के गरम कपड़े सिलने लगे तो मुखर्जी की याद आई। बस शमंदा और मैं दोनों रावत घनश्यामसिंह के घर गए। "मुखर्जी कहां हैं ?" "शहर गए हैं।" हम उनका बिस्तरा और किताबें उठा लाए और उनके पुराने कमरे को शर्मदा ने वैसे ही सजा दिया जैसे कि पहले था। रात को आठ या नौ बजे मुखर्जी आए। हम ऊपर थे। दरवाज़ा खुलते ही हम नीचे आ गए। मुखर्जी बंगाली गाना गा-गाकर नाच रहे थे। हमें देखते ही बोले, "भाभी जी, मेरे कमरे में चलो।' फिर एक दीवार पर पेंसिल से लिखी तारीख पढ़ते हुए बोले कि जाते समय लिख गया था अपने बनवास की तारीख। यह क्या बात है कि पूरे एक वर्ष बाद उसी तारीख को आप मेरा बिस्तरा उठा लाईं। अब तो तकदीर पर विश्वास रखना पड़ेगा। हमें भी ताज्जुब हुआ।

परीक्षा

गाय-भैंस तो सब बिक चुकी थीं। और कोई नया धन्धा शुरू करने का न तो समय था और न रुपया और शर्मदा ने यह कसम ले ली थी कि मैं किसीसे उधार नहीं लूंगी। यह मेरे जीवन में बड़ी से बड़ी मुसीबत के दिन थे। जब घर चलाना असम्भव हो गया तो शर्मदा को उसकी मां के घर (ग्राम नवादा, ज़िला बिजनौर) भेज

दिया और खाना बनाने वाले का भी हिसाब कर दिया। शमदा के जाने के लिए रेल की टिकट कहां से ली जाए। उमा की गुल्लक तोड़ी गई। करीब 5 रुपये और कुछ पैसे मिले। देर तक मियां-बीबी में झगड़ा रहा। वह कहती थी कि दो रुपये वह ले जाए और बाकी मैं रख लूं। मैं कहता था कि रेल का सफर है, बच्ची साथ है, न जाने क्या ज़रूरत पड़ जाए। तुम सब अपने साथ ले जाओ। फिर मैंने दो रुपये रख लिए। स्टेशन पर छोड़ने गया तो दोनों की आंखों में आंसू आ गए। न जाने क्या-क्या भावनाएं रही होंगी। मैंने वे दो रुपये मुखर्जी के सुपुर्द कर दिए। घर आकर मैंने पूछा, "मुखर्जी, कितना चावल-दाल घर में है ?" मुखर्जी ने बताया कि केवल एक महीना चलेगा। अभी हमारे जेल जाने में तीन-चार महीने की देर थी। मैंने कहा, "यदि दूसरे दिन कुकर चढ़ाया जाए तो कैसे ?" मुखर्जी ने हिसाब लगाया, "तो चार महीने तक चल सकता है।" मैंने कहा, "फिर ?" बोले, "मंजूर"। बस एक दिन नागा करके कुकर चढ़ने लगा। किसी दिन खिचड़ी तो किसी दिन दाल-चावल और मिर्च की चटनी। उन्हीं दिनों किसान संगठन के काम में जुटे थे। क्योंकि लगान बंदी का आंदोलन शुरू करना था। यह प्रतिज्ञा कर ली थी कि किसीसे सहायता या उधार नहीं लेंगे। मुखर्जी मुझे छोड़ने को तैयार नहीं थे क्योंकि उनकी भाभी जो कह गई थीं, "अच्छे दिनों के साथी हो मुखर्जी, बुरे दिनों में अपने भाई साहब का साथ मत छोड़ना।" रात को दीपक जलाना बंद कर दिया था फिर भी मुखर्जी हर कमरे में अपनी टार्च का बटन दबा आते थे कि भाभी कहेंगी कि तुमने दिया भी नहीं जलाया। एक दिन शाम को मुखर्जी ने पूछा, "सरकारी खज़ाने में केवल एक आना रह गया है, जहांपनाह का हुक्म हो तो बीड़ी का एक बंडल ले आऊं।" मैंने कहा, "अंतिम

पैसा फूंक डालो, मुखर्जी।" इधर शर्मदा की कई चिट्ठियां आ चुकी थीं। उत्तर देने में देर हो रही थी। हम दोनों चिन्ता में थे कि क्या करें कि मुखर्जी ने सुझाया कि ज़िला कांग्रेस कमेटी की बैठक होने वाली है, उसका नोटिस तो भाभी जी पे जावेगा ही, उसीकी दूसरी ओर अपनी कुशल लिख देंगे। बस मैंने भी दो-चार शब्द लिख दिए और मुखर्जी ने भी। पर गरीबी में सबसे अधिक दुःख देता है अंतःकरण। यह कमबख्त बिल्कुल कट्टर पंथी बन जाता है। डाक में डाल आने के बाद मैंने कहा, "मुखर्जी पत्र, तो डाल आए पर कांग्रेस के पैसे का दुरुपयोग हो गया। लोग कहेंगे कि कांग्रेस के पैसे से घरेलू पत्र लिखे जाते हैं। करूं तो क्या करूं? चोरी की फिक्र तो कम, उसको छिपाने की ज़्यादा हो गई है।"

"नारायण हरि"

इसी बीच में एक दिन श्री अलगूराय शास्त्री आ गए जो मेरठ में कुमार आश्रम चलाते थे और लोक सेवक संघ के मेम्बर थे। फाटक में घुसते ही उन्होंने नारायण हरि" की आवाज़ लगा दी। मैं गुसलखाने में था। उनकी आवाज़ पहचानकर मैंने मुखर्जी को कहा, "अमरूद के नीचे कुरसी बिछा दो, मैं अभी आता हूं।" मेरे जाने से पहले ही मुखर्जी ने शास्त्री जी को घर का सब हाल सुना दिया था और यह भी कह दिया था, "खिचड़ी पकी है, कहीं घी आदि मत मांग बैठना वरना ब्रह्म-हत्या हो जाएगी।" गुसलखाने से निकलते ही हमने एक दूसरे की कौली भर ली। मैंने कहा, "मेरी तबियत ठीक नहीं है, शास्त्री जी। आप और मुखर्जी थोड़ी-सी खिचड़ी खा लें।" शास्त्री जी के ज़िद्द करने पर मैं भी बैठ गया। अभी दो-चार

निवाले खाए होंगे कि शास्त्री जी रो पड़े और खड़े हो गए, "त्यागी जीं, बिना शर्मदा और उमा के मैं इस घर में खाना नहीं खा सकता। यदि आप उन्हें अपने पास नहीं रख सकते तो मेरे साथ कुमार आश्रम में आ रहो।" भला ऐसे कैसे हो सकता था। मैं अपने ज़िले को आगामी मोर्चे के के लिए तैयार कर रहा था। शास्त्री जी नाराज़ होकर पैदल देहरादून चले गए। मुझे भी साथ न चलने दिया, "मैं गैर हूं तो साथ चलने के क्या माने।" शहर में शास्त्री जी अपने शाहजहांपुर जेल के साथी श्री मित्रसैन आढ़ती के घरठहरे थे। "रात को खीर-कचौड़ी खावेंगे" ऐसा कहकर आए थे। जब खाने का समय आया तो मित्रसैन से बोले, "मैं तो आज त्यागी का मेहमान हूं।" मित्रसैन ने कहा, "चलो, हम भी वहीं खाएंगे, उनका घर बड़ा रमणीक है" "पर उनके घर तो परसों सुबह को खाना बनेगा।" सारा वृत्तांत सुनकर लाला मित्रसैन को बहुत दुख हुआ। उन्होंने शास्त्री जी से क्षमा चाही कि हमें इसका बिल्कुल पता नहीं चला। फिर अगले दिन धूप निकलते ही मित्रसैन, उग्रसैन बैरिस्टर, लाला ऊधोराम और शंकरलाल आढ़ती (अब स्वर्गीय) सीधे अजबपुर चले आए और कहने लगे, "हमारे होते हुए आप भूखे सोवें, यह सहन नहीं हो सकता।" और एक थैली निकाल कर मेरे सामने रख दी। शायद हज़ार रुपये के लगभग रहेहोंगे। मैंने लाला उग्रसैन से कहा,"बैरिस्टर साहब, यह मेरी परीक्षा के दिन हैं। पुराने ज़माने में अप्सराएं तपस्या भंग किया करती थीं, क्या इस बुढ़ौती में तुमने यह पेशा शुरू कर दिया है ?" मेरे गहरे मित्र थे, उन्हें थैली देने का हक था पर उन दिनों हम गांधी जी के दीवाने थे, शासन-सुधा के मस्ताने नहीं थे। मैंने थैली नहीं ली। फिर उन्होंने कहा, "भेंट का रुपया है, हम इसे घर तो ले नहीं जा सकते, कांग्रेस के फंड में जमा

कर लो।" वैसे तो रोज़ कांग्रेस के लिए कुछ न कुछ चन्दा इकट्ठा करते ही थे, पर गरीबी ने आत्मा को आसमान पर चढ़ा रखा था। मैंने कह दिया, "जब तक कांग्रेस के प्रधान के घर दोनों वक्त चूल्हा नहीं चढ़ता, कांग्रेस को चंदा बंद रहेगा।" सब लोग मायूस होकर वापिस चले गए। पर शहर में हमारे 50 सत्याग्रही साथी आश्रम में खाते थे। उनके गुज़ारे की फिक्र हो गई । मैंने शहर-भर में मुनादी कर दी कि आज से चन्दा लेना बंद है, केवल आश्रम की सहायता के लिए सब्ज़ी बेचने वाले सब्ज़ी, और आटा-दाल-लकड़ी बेचने वाले बारी-बारी से रसद भेज सकते हैं। लोगों ने रसद की भरमार कर दी और उसी दिन से आश्रम वालों को अच्छा से अच्छा भोजन मिलने लगा । एक दिन भूख बहुत लग गई या नियत डिग गई कि मैंने मुखर्जी से कहा, "आश्रम में ही खा लें साथियों के साथ।" बस उस दिन वहीं खा लिया । बहुत दिनों बाद स्वादिष्ट भोजन मिला था, बहुत खा गए। अगला दिन कुकर का था, उसे नागा कर दिया । पर अब शायद अच्छे खाने को तरस गए थे। दूसरे दिन शहर में आकर मैंने अपने साथी श्री गौतम देव सर्राफ के घर पत्र लिख भेजा कि दो थाली लगाकर आश्रम में भेज दो। उन्होंने बड़े प्रेम से चुपड़े फुलके, वासमती चावल, दाल, सब्ज़ी और मीठा आदि भेज दिया। खाते हुए शर्मदा और उमा की याद आ गई, बस आधे पेट उठ गए । योग तो भंग हो ही चुका था, पर उनकी याद ने फिर ताज़ा कर दिया। उसी दिन से बदपरहेज़ियां बंद करके अपने तीसरे दिन कुकर पर आ गए । दस-पंद्रह दिन बाद ज़िला बिजनौर की मेरी ज़मीदारी का कुछ छोटा-सा हिस्सा बिक गया। बिक्री के लगभग तीन हज़ार रुपये आ गए । उसी दिन सीलोन (लंका) से कमला भाभी (स्वर्गीय कमला नेहरू) का एक पत्र आया। उन दिनों पंडित

जवाहरलाल नेहरू और वे लंका का भ्रमण कर रहे थे, उसी पत्र के साथ 50 रुपये का एक चैक भी था और लिखा यह था कि उमा के लिए हैं। मैं आशा करती हूं तुम इसको स्वीकार करने में तकल्लुफ न करोगे। था असल में मेरे ही लिए। रकम भी छोटी-सी थी ताकि उसको स्वीकार करने में किसी प्रकार की आना-कानी न करूं। मैंने चैक तो रख लिया पर भुनाया नहीं और जवाहरलाल जी को लिख दिया, "कमला भाभी ने ऐसे समय पर सहायता भेजी कि जब चिट्ठी लिखने तक की शक्ति न रही थी।" 3000 रुपये आते ही मुखर्जी ने शर्मदा को तार दे दिया, "दिन बहोड़ आए हैं, तुम जल्दी जाओ।" वह मां के घर तो थी पर खाती क्या थी, ग़म और चिंता। हमारा तार पचहुंते ही अगली गाड़ी से देहरादून आ गई। हम दोनों उमा को खिलाते हुए घर आए। फिर घर बस गया। फिर हारमोनियम बजने लगा। फिर खीर और हलवे बनने लगे। फिर बालों पर तेल और जूतों पर पालिश लगने लगी। पर आज उस बेचारी के न रहने पर मुझे यह शेर याद आती है :

मुद्दत हुई इस हादसये इश्क़ को लेकिन,
अब तक है तेरे दिल के धड़कने की सदा याद॥

चंदे की थैली

लाहौर कांग्रेस से पहले महात्मा गांधी ने दरिद्रनारायण (हरिजन कोष) के लिए रुपया इकट्ठा करने के हेतु हिन्दुस्तान-भर का भ्रमण आरम्भ किया। आचार्य कृपलानी इस भ्रमण के इन्चार्ज थे। सब लोगों ने अपने-अपने शहरों से आचार्य कृपलानी के पास प्रार्थना-पत्न भेजे कि महात्मा गांधी उनके यहां आना स्वीकार कर लें। मैंने भी अपने देहरादून ज़िले की ओर से आचार्य जी को पत्न लिख दिया। उन दिनों मुझे यह आशा नहीं थी कि मैं कोई बड़ी राशि इकट्ठी कर सकूंगा। इसलिए मैंने उन्हें लिखा कि "मेरा तो छोटासा ज़िला है लकड़हारों का, इस कारण बहुत रुपये तो इकट्ठा कर नहीं सकूंगा पर जो कुछ बन पड़ेगा शुभ चरणों को भेंट करूंगा। कृपया हमारे ज़िले को भी बापू के प्रोग्राम में शामिल कर लें।" बापू ने कृपलानी जी से लिखवा दिया कि वे देहरादून आने को तैयार हैं। पर मुझे कम से कम 15 सौ रुपये भेंट करने होंगे। मैंने उत्तर दिया कि "15 सौ तो मुश्किल है, फिर भी कुछ न कुछ इकट्ठा करने का प्रयत्न करूंगा।" लिख तो दिया लेकिन रुपया इकट्ठा करने की फिक्र सिर पर सवार हो गई। अभी मेरी पत्नी ज़िन्दा थीं। मुझे बहुत उदास देखकर उन्होंने कहा कि, "15 सौ तो मैं अकेली ही इकट्ठा कर लूंगी केवल स्त्रियों में से ।" मैंने कहा, "तुम कहां से इकट्ठा करोगी । यदि 5 सौ भी तुम कर लो तो बहुत

बोझ हलका हो जाए।" बस वह और दो-चार देवियां जगह-जगह घूमने लगीं। 50 से 100 रुपये तक रोज़ाना इकट्ठा कर लाती थीं। मुझे कुछ ढाढ़स हुआ परंतु अब मैं सोचने लगा कि यदि केवल 15 सौ ही इकट्ठा किया तो फिर बात ही क्या हुई। देवियों की थैली बढ़ती जा रही थी इसलिए उन्होंने मेरी पत्नी को बहका दिया कि जब हमारी थैली मर्दों से भी बड़ी हो गई तो हम स्त्रियों की तरफ से अलग जल्सा करके अपनी थैली क्यों न दें। मैंने शर्मदा पर बहुत ज़ोर डाला और खुशामद करते हुए यह भी कहा कि तुम्हारे-मेरे में क्या कुछ फर्क है ? बापू के सामने दोनों को एक साथ ही खड़ा रहना उचित है। पर आप जानते हैं स्त्रियां किसीकी सगी थोड़े ही होती हैं ? मर्दों के मुकाबले वे सब एक हो जाती हैं। इनका संगठन कुछ शहद की मक्खियों जैसा है कि ज़रा-सा छेड़ दो, तो नोच-नोचकर तुम्हारा मुँह लाल कर दें। शर्मदा ने मेरी एक न मानी और अपनी थैली अगल ही देने का निश्चय कर लिया। खैर, मैंने सब्र किया।

नई सूझ

पड़ौस में एक सरकारी जंगलों के ठेकेदार रहते थे रावत सुन्दरसिंह। उन दिनों जंगलों के नीलाम शुरू होने वाले थे। नीलाम में बड़ी-बड़ी दूर से ठेकेदार आया करते थे। रावत जी ने मुझे सुझाया कि ठेकेदारों से चन्दा करो तो काफी रकम इकट्ठा हो जावेगी। मैंने ठेकेदारों से बातें शुरू कीं, "बढ़-बढ़ के बोलते हो बोली, तुम्हें शर्म नहीं आती ? अंग्रेज़ों के पास जाता है सारा रुपया। यदि आपस में एक-दूसरे का गला-काट मुकाबला बन्द कर दो तो बहुत सस्ते जंगल तुम्हें मिल सकते हैं।" मेरे समझाने

का ढंग कुछ ऐसा अपनापन लिए हुए था कि मेरी बात जल्दी गले उतर गई। ठेकेदारों ने तुरन्त यह फैसला कर लिया कि सब ठेकेदार पहिले तमाम जंगलात का नीलाम मेरी स्कीम के अनुसार आपस में प्राइवेट तौर से कर लें। जिसके नाम इस नीलाम में जो जंगल छूट जाएं, वह सरकारी नीलाम में भी उसी बोली पर रहें। सबसे जमानत का रुपया वसूल किया गया ताकि अगर कोई दूसरा आदमी बढकर बोली बोले तो उसका रुपया ज़ब्त कर लिया जाए। करीब 200 ठेकेदार थे। सबने इस बात को मंज़ूर किया और रात-रात में सारे जंगलात का नीलाम हम लोगों ने प्राइवेट तौर से कर लिया। इस नीलाम में इतने सस्ते जंगल छूटे कि लोगों का कहना था कि यदि सबने अपनी-अपनी नीयत ठिकाने पर रक्खी तो इस बार लाखों रुपये का लाभ होगा और पुराने सब दलिद्दर दूर हो जाएंगे।

अगले दिन अंग्रेज़ बहादुर ने नीलाम शुरू किया। नीलाम इतने सस्ते छूट रहे थे कि एक ठेकेदार का जंगल रात की बोली से भी 5 हज़ार कम पर छूट गया। बस, फिर क्या था, आपस में फूट पड़ गई। लोग कहने लगे कि हम सबों की बोलियां भी 5 हज़ार घटी समझी जाएं। चौ० प्रतापसिंह ने फौरन मोटर ली और मेरी तलाश में सीधे अजबपुर (मेरा गांव) चले आए। मैं गुसलखाने में था। अकेली धोती पहने और नंगे पेट सामने आ खड़ा हुआ। बचपन से 'आर्य समाजी था। घर पर धोती और यज्ञोपवीत दो ही कपड़े पहनता था आम तौर से गर्मियों में। फौरन मोटर में बैठ नीलाम के स्थान पर आ पहुंचा। श्री बालस्वरूप और श्री इनामुल्ला ने सारा किस्सा कह सुनाया। मैंने तुरन्त फैसला दे दिया कि, यह 5 हज़ार रुपया जो उसको बचा है सबका सांझे का माना जाएगा, उसपर एक

व्यक्ति का कोई अधिकार नहीं है। इस रुपये की एक मुश्तरक। फंड रख दिया जाए। और इस तरह और भी जो रुपया इकट्ठा हो उसे ठेकों की कीमतों के अनुपात से आपस में बांट दिया जाए। यह फैसला सबको पसन्द आ गया। और फिर सब लोग नीलाम में जुट गए। इस तरह से और भी कई हज़ार रुपया आपस में बांटने के लिए बच गया।

अगले दिन जब ये लोग आपस में इस रुपये को बांट रहे थे तो उन्होंने मुझे याद किया और कहने लगे कि, "हम सब आपके कृतज्ञ हैं और आपसे प्रार्थना करते हैं कि आप हमारी तुच्छ भेंट स्वीकार कर लें।" 5,000 की थैली चौ० इनामुल्ला ने मेरे हाथ में यह कहकर रख दी कि, "आप हमारे नेता हैं और आपके घर तो कोई खेती होती नहीं, हम कमाते-खाते हैं, हमारी रोटी में आपका साझा है।" यह सुनकर मेरे फरिश्ते तिर गए। मैंने 5,000 स्वीकार करके उन्हींको यह कहकर वापिस कर दिए कि यह थैली जंगलात के ठेकेदारों की तरफ से महात्मा जी को भेंट कर दी जाए। परन्तु वे बहुत उदास हुए और उन्होंने कहा, "महात्मा जी के लिए हम दूसरी थैली तैयार कर देंगे।" अपनी चंदा मांगने की साख को कायम रखने के लिए मैं कभी-कभी मिलते हुए चन्दों की बड़ी-बड़ी रकमों को यह कहकर मना कर दिया करता था कि इतने रुपये की ज़रूरत नहीं है। फिर कभी ले लेंगे। आज भी यही कहकर मना कर दिया। घर लौट आया।

आज मेरे मुकाबले पत्नी इतनी छोटी बैठती थी कि जैसे हाथी के सामने टिड्डी। चिढ़ाकर मैंने कहा, "देखती क्या हो, 5,000 एक घंटे में।" इतना-सा मुंह निकल आया रानी जी का। फिर क्या था, मैंने धड़ाधड़ चन्दों की भरमार कर दी।

बापू का हुक्म

एक 'ब्रह्मचारी' नाम के ड्राइवर थे, वे एक पुरानी-सी टैक्सी चलाते थे। वे मुझसे बोले कि महात्मा गांधी को मेरी गाड़ी में बिठाया जाए। मैंने कहा, "तुम्हारी गाड़ी पुरानी और खराब है। इसमें गांधी जी नहीं बैठेंगे।" उन्होंने सीधे चिट्ठी महात्मा जी को लिख दी। वे कभी गांधी जी के आश्रम में रह चुके थे। गांधी ने उत्तर दिया कि उसीकी गाड़ी में बैठेंगे। मुझे बहुत झेंप चढ़ी, पर गांधी जी का हुक्म, कर क्या सकता था। ब्रह्मचारी ने गाड़ी चलाना ही बन्द कर दिया। मालूम हुआ कि मरम्मत करा रहे हैं। वे भी पागल थे गांधी जी के पीछे।

गांधी जी आए। मैंने चारों तरफ मुनादी को हुई थी कि गांधी जी को लेने के लिए सब लोग स्टेशन पहुँचें। लोग चाहते थे कि बाज़ार से सवारी निकले पर गांधी जी का हुक्म था कि जलूस न निकाला जाए। फिर भी मैंने लोगों से वायदे कर लिए थे कि सवारी बाज़ार से निकलेगी और भी तरह-तरह के झूठे-सच्चे वायदे कर रक्खे थे। डरता था कि किस-किसके वायदे पूरे करूंगा। रेल का समय हो गया। एक मिनट घंटे जैसा प्रतीत होने लगा। लाइन क्लियर हो गया, पर उस कम्बख्त ब्रह्मचारी की मोटर नहीं आई। महात्मा जी ने कहा था कि ब्रह्मचारी की गाड़ी में ही बैठेंगे, इसलिए मैंने किसी दूसरी गाड़ी का प्रबन्ध नहीं किया। रेल आ गई पर ब्रह्मचारी नहीं आए। मैं इधर देखूं, उधर देखूं। इतना हताश तो उम्र में कभी भी नहीं हुआ था। प्राण सूख गए। महीनों से जिस रेलगाड़ी के स्वागत के स्वप्न देख रहा था आज उसका आना खलने लगा। हे परमात्मा, मैं कहां समा जाऊं। गाड़ी रुकी ही थी कि ब्रह्मचारी की फोर्ड पों-पों करती, प्लेट फार्म पर दौड़ती

हुई, बापू की खिड़की के सामने आ लगी। मोटर इतनी सुन्दर थी कि देवताओं के विमान को लज्जित कर दे। खद्दर की सीट, खद्दर का हुड और सारी गाड़ी पर नए बनाए हुए रुई के मोटे-मोटे गाले इस ढंग से चिपका रखे थे कि दूर से बरफ की तरह दमक रही थी। पहियों की रुई दूसरे रंग की थी।

"अभी ई० आई० आर० है"

हमने जितने कुली थे उन सबको एकतरफ इकट्ठा कर रखा था। उनके सरदार ने सामने आकर गांधी जी को अपनी 51 रु० की थैली भेंट की। मैंने कहा, "यह स्टेशन के कुलियों की तरफ से है।" गांधी जी बहुत खुश हुए और कहने लगे, "लेकिन, यह थैली तो 15 सौ में शामिल नहीं है।" मैंने हंसकर पूछा, "क्यों ?" तो बोले, "15 सौ तो देहरादून के लिए तय हुआ था, अभी देहरादून तो आया नहीं, यह तो ई०आई०आर० है।" हमें 50 रु० का नुकसान तो हुआ पर मज़ा आ गया बापू की 'सौदेबाज़ी' पर। मेरा प्रोग्राम था कि जहां-जहां बापू जाएं वहीं थैली भेंट करता जाऊं। स्टेशन से बाहर तांगे वालों ने 101 रु० की थैली दी। बापू पहले तो बहुत हंसे, फिर हंसते-हंसते बोले, "अभी तो ई० आई० आर० ही है।" 'बा' भी हंस पड़ीं। मैंने कहा कि ये टैक्सी वाले भी आपको 250 रु० की थैली भेंट करना चाहते हैं, पर चूंकि अभी ई० आई० आर० है, मेरा इरादा है कि थैली देहरादून शहर में भेंट की जाए। बापू ने कहा, "देहरादून का नाम लेकर तो यहीं दे सकते हो।" मैंने कहा, "ना, अब मैं अधिक भूल न करूंगा।"

आचार्य कृपलानी और मैं आगे बैठे, और 'बा' और बापू पीछे,

मोटर चल पड़ी। उस विमान पर मैं ऐसे बैठा कि जैसे युधिष्ठिर के विमान पर उनकी 'ड्योढ़ी का चौकीदार'। मेरे भाग्य की घड़ियां फिर नहीं लौट सकतीं। कुछ भी बना दो, पर उसका सेवक होने में जो गौरव था वह राजगद्दी में नहीं है।

"अब तो सेल्फ ठीक हो गया ना ?"

लोगों ने बाज़ार के दोनों तरफ भीड़ लगा रक्खी थी। खुली हुई मोटर थी। गाड़ी के आगे-आगे एक घुड़सवार 'श्री डंगवाल' चल रहे थे। वे जानबूझकर बहुत आहिस्ता चल रहे थे। मुझे चन्दा देने वालों से अपने वायदे पूरे करने थे न। एक लाला मिलसैन थे, उन्होंने 500 रु० की थैली इस शर्त पर देनी स्वीकार की थी कि दो मिनट को उनकी दुकान पर मोटर रुक जाए। अब रुके तो कैसे रुके। दुकान आने से पहले ही मैंने बापू से पूछा, "बापू, एक भक्त ने 500 रु० की थैली देनी है, यदि आप दो मिनट को उसकी दुकान पर गाड़ी रुकवा दें।" बापू ने कहा, "यह बात कृपलानी से पूछो।" कृपलानी मेरी बराबर में बैठे थे। झल्लाकर बोल उठे, "तुम शाले बुड्ढे को मारके खा जाओ। हज़ार बार गरज पड़े तो वह 500 रु० घर आकर दे जाए, हम किसी की दुकान पर नहीं रुकेंगे।" मैंने बापू की ओर देखा तो वे हंस पड़े, "मैं क्या के सकता?" मैं भी चुप हो गया पर ब्रह्मचारी ने पैर से मुझे ठुक्काकर आंख मार दी, चोर चोर की बात पहचानता है। मैं समझ गया। इतने में लाला मिलसैन की दुकान आ गई। ब्रह्मचारी ने खट से मोटर रोक दी। गांधी जी ने पूछा, "क्या हुआ ?" ब्रह्मचारी बोले, "कुछ नहीं, ज़रा पैट्रोल बन्द हो गया है।" और नीचे उतरकर

खुटरपुटर-खुटरपुटर करने लगे। इधर मैंने देखा कि मिलसैन ने रुपये साफ करके एक थाली में सजाकर रक्खे हैं और एक दूसरी थाली में आटे के 4-5 दिये बना रक्खे हैं जिनमें चार-चार बत्तियां हैं, जिन्हें एक एक करके जला रहे हैं। मैंने आंखों आंख इशारे बहुत किए पर वे खाक न समझे। इस बीच ब्रह्मचारी ने मोटर का हैन्डिल खुरड़-खुरड़ करना शुरू कर दिया। बापू ने कहा, “अरे सेल्फ से चला लो ना?” ब्रह्मचारी बोले, “जी, सेल्फ खराब हो रहा है।” अभी मिलसैन का तीसरा दिया जला था, मुझे तो समय टालना था। कृपलानी जी से लड़ने लगा, “मैंने पहिले से ही कहा था कि इस मोटर को न रखिए पर आपने मुझे हुक्म दे दिया कि इसीकी मोटर में जाएंगे।” आदि। थोड़ी देर बाद लाला जी आरती का थाल लिए हुए बाहर निकले और बापू की सेवा में 500 रु० पेश कर दिए। गांधी जी मोटर बिगड़ने का रहस्य समझ गए और बोले, “अब तो सेल्फ ठीक हो। गया ना ?” काम तो हो ही चुका था, ब्रह्मचारी ने मोटर बोनट बन्द करके सेल्फ से मोटर चला दी। मोटर का चलना था कि ‘बा’ और बापू दोनों ने ज़ोर से ठट्टा मारना शुरू कर दिया। बापू ने कृपलानी से कहा, “त्यागी तो तुम्हारी आंख में उंगली दे गया।” ‘बा’ बोलीं, “यह सब लगे-बंधे हैं।” वैसे तो कृपलानी जी को भी मज़ा आ गया पर हंसी को दबाकर वे कहने लगे कि “क्या करें यू० पी० के गुण्डों के बीच में फंस गए।”

बच्चा सक्का

फिर जल्सा हुआ। दसियों थैलियां भेंट हुईं। पर सबसे बड़ी थैली जंगलात के ठेकेदारों की थी जिसे चौधरी इनामुल्ला, भेंट करते हुए

कहा कि "हमारा तो लकड़हारों का ज़िला है, दो तिहाई आबादी जंगली वृक्ष और झाड़ों की है। उस बेज़ुबान बस्ती के प्रतिनिधि के रूप में मैं आपका स्वागत करता हूं और अपने हाथ-पैर बेचकर जो रुपया उन्होंने इकट्ठा किया है आपको भेंट करता हूं।" फिर एक-एक करके सब ठेकेदारों ने चरण छुए और सैकड़ों थालियों में फल और मेवे भेंट किए। हज़ारों स्त्रियां हमारे जल्से में आई पर शर्मदा ने अपनी थैली, जो दो हज़ार के लगभग थी, हमारे जल्से में भेंट नहीं की, उनका जल्सा अलग हुआ। मसूरी के जल्से में अभिनन्दन पत्न एक चांदी के रिक्षा में रखकर भेंट किया गया। यह रिक्षा भी बड़ी कीमत पर नीलाम हुआ। कुल मिलाकर हमारे ज़िले की थैली 15 हज़ार से भी अधिक हो गई थी।

मैं इतना खुश था कि उन दिनों मेरे पैर ज़मीन पर थोड़े ही टिकते थे, हवा में चलता था। लोग तो हंसी में 'सुलतान' कहते थे, परन्तु उस हफ्ते मैं सचमुच सुल्तानी के मजें लूट रहा था। मालिक भी तो था भारत-भर की सम्पत्ति का। जिसे चाहूं दर्शन करा दूं, जिसे चाहूं कैम्प से दूर भगा दूं, चाहे जिसकी ड्यूटी गांधी जी के कैम्प में लगा दूं। शहर-भर की आंखों का तारा बना अपने प्रभुत्व के नशे में चूर झूमता फिरता था—मैं गांधी जी का 'बच्चा सक्का'।

"म्हारी खीर खोल दे"

सन् 1938 में ज़िला देहरादून का बन्दोबस्त हो रहा था। मैंने पहिले कभी बन्दोबस्त होते नहीं देखा था। पहिले ज़िले-भर की सारी भूमि की पैमाइश (नाप-तोल) होती है, फिर हर गांव के किसानों और ज़िमींदारों के नाम नोटिस जारी होते हैं कि तुम्हारे खाते में अमुक-अमुक नम्बर हैं, भूमि पर तुम्हारा अधिकार मौरूसी है या "शिकमी', ज़मीन खुश्क है या आबपाशी की, और तुम्हारी ज़मीन पर लगान मालगुज़ारी कितनी है और कितने दिनों से तुम्हारा कब्ज़ा है। सब गांवों के किसानों को बन्दोबस्त के दफतर में आकर अपने-अपने खाते पर तसदीक के हस्ताक्षर करने पड़ते थे। बैठे-बिठाए मुझे ख्याल आया कि रिश्वतखोरी को रोकने और अपने ज़िले के किसानों की सहायता करने का इससे अच्छा अवसर मुझे जीवन में दुबारा नहीं मिलेगा। बस मैंने एक घोषणा कर दी कि जिले-भर के किसानों को चाहिए कि वे तसदीक के लिए अपने-अपने ग्रामों से पैदल जलूस बनाकर आवें और देहरादून आकर मेरे रैन 'बसेरा' में ठहरें। खाने-पीने का प्रबन्ध भी वहीं रहेगा और कानूनी सहायता भी मुफ्त दी जावेगी। फिर क्या था दिन में कई जलूस गाना गाते और जय बोलते हुए रैन बसेरे आने लगे। दस जय गांधी जी की तो दो मेरी भी बोलते। मकान के सारे कमरों और बरामदों में धान की

पुआल बिछा रखी थी उसीपर रोज़ दो-दो, तीन-तीन सौ आदमी आकर विश्राम करते और रात को सब अपनी-अपनी शिकायत सुनाते। मैं शिकायतें सुनकर उनको लाल, पीला, हरा किसी न किसी रंग का टिकट दे देता। जितने रंग के टिकट थे उतने ही मुंशी रखे हुए थे कि जो सवेरा होते ही इनकी अर्ज़ियां लिखते। लाल मुंशी मौरूसी-शिकमी की अर्जी लिखते, पीले लगान 'जिन्सी' से नकदी कराने की, हरे 'लगान मालगुज़ारी' घटाने और छुटे नम्बरों को खाते पर चढ़ाने की लिखते। अगले दिन 10 बजे तक सारी अर्ज़ियों लिखी जातीं तो फिर यह काफला जलूस बनाकर मेरे साथ कचहरी जाता। दिन-भर मैं और मेरे कांग्रेस के साथी कचहरी टंगे रहते। तीसरे पहर से लंगर खुल जाता। सब लोग दाल, चावल, चटनी और बिना छिले आलू-टमाटर की सब्ज़ी खाते और चले जाते। जन-सेवा के कामों में मुझे एक अजीब तज़ुर्बा हुआ है वह यह कि यदि कोई व्यक्ति तन्मय होकर सेवा-कार्य में लग जाए और अपने को लुटा दे तो लोग उसे लुटने नहीं देते ख़ुद उसपर लट्टू, होकर लुटने लगते हैं। केवल आठ-दस दिन मेरे दाल-चावल खाने के बाद किसानों में कुछ ऐसी हवा फैल गई कि जो भी आवे अपने साथ आटा, दाल या चावल की गठरी भर लावे। बाजे-बाजे तो बोरी भरकर लाने लगे। फिर क्या था, खाने की भरमार हो गई। अकेला खाना ही नहीं बल्कि वकीलों की फीस और मुंशियों का वेतन भी इसी अन्न से निकलने लगा। यह काम 6 महीने तक निरन्तर चला। एक दिन किसी किसान ने शिकायत की कि हमारा गांव सड़क के किनारे पड़ता है, रात-भर जलूस आते हैं, उनकी जयकारों से हमारे बच्चों का सोना हराम हो गया और जाड़ों के दिन हैं लोगों ने हमारे छप्परों पर फूस नहीं छोड़ा, बैलगाड़ियों के पहिये तक भी जला

डाले आग तापने के लिए, अब अपनी इस माया को समेटो और लोगों से कहो कि पैदल आने की बजाय बैलगाड़ी या मोटरबस में सफर करें। अगले ही दिन मैंने लकड़ी की टाल पर जाकर बीसियों गाड़ी ईंधन की खरीद लीं, कुछ दान में मिल गई और जितने गांव सड़क पर पड़ते थे, उनमें ईंधन डलवा दिया कि रात को लोग आग तापे।

खीर

जब किसीके पास काम बहुत रहता है और उसकी बीवी मर जाती है तो अपनी हंसी-मज़ाक की भूख भी वह उसी काम से बुझाता है। जब कोई किसान अपनी बात सुनाने खड़ा होता तो मैं कहता, "पहिले वायदा करो कि काम हो जाने पर मुझे थाली-भर के खीर खिलाओगे," सारी सभा हंस पड़ती और वह कहता "खीर आपको और आपके कुत्तों को।" जब कोई खीर की बात भूल जाता, मैं डांटकर कहता, "अपनी कहे जाएगा, कन्जूस कहीं का, मेरी भूल गया।" सब लोग एक-दूसरे की ओर आंख मारते और ठट्ठा मारकर हंसते। इस तरह मेरे पास कम से कम 10—15 हज़ार खीर की थालियों के वायदे हैं, उम्र-भर भी खाऊं तो खीर खतम नहीं हो सकती और अब तो राजनीति में विरासत का रिवाज पड़ गया है, मेरे बाद मेरे बच्चों को भी खीर खाने का हक रहेगा। वही खीर वाले मेरे साथी किसान हैं कि जो मुझे वोट देकर पार्लियामेंट भेज देते हैं। बन्दोबस्त तो खतम हो गया पर उसके बाद हमें व्यक्तिगत सत्याग्रह में फिर जेलखाने की सज़ा हो गई। साल-भर बाद छूटे कि फिर जेल चले गए। यह हमारी अंतिम जेल थी। दो वर्ष बाद लौटे तो

रैन बसेरे में किरायेदार बसे थे। केवल मोटर गैराज और सागरपेशा खाली थे। इतना बड़ा घर और मैं अकेला । सामान घास में रखकर मकान के इधर-उधर घूमने लगा—जब मन वर्तमान को भूलकर भूतकाल की किसी घटना या भविष्य की स्वप्न-कल्पना में निमग्न हो जाता है तो शरीर शासन-मुक्त होकर मन से आज्ञा लिए बिना, अपने पुराने सुभाव या अभ्यास के अनुसार कार्य करने लगता है—कि बस सामने के कांटेदार तार को फांदकर मैं फुलवाड़ी में घुस गया और जंगलीसी एक गुलाब की झाड़ी के पास जा खड़ा हुआ। वह छोटे-छोटे गुलाबों से लदी थी। बिखरी हुई पंखड़ियां उसकी अनाथ अवस्था का परिचय दे रही थी। एक कली तोड़कर सूंघी तो शर्मदा के जूड़े की महक आ गई। असिल में यह गुलाब की कलम शर्मदा ने, जब वह यू० पी० लेजिस्लेटिव असेम्बली की मेम्बर थी, गवर्नर की मेम से ली थी क्योंकि इस गुलाब को विलायत की किसी प्रदर्शनी में इनाम मिल चुका था मियां-बीवी रोज़ इसकी नयी-नयी कोंपल, पत्ती और कलियों को देखा करते थे और बड़े होने पर शर्मदा अपने जूड़े में इसका फूल लगाया करती थी। बस पैर इस कोने (ऐंगिल) के आदी थे, ले आए। सूंघते ही सुधि आई कि इस कली में किसीकी रूह बसी है। सारे शरीर में बिजली-सी दौड़ गई और फ़ौरन एक उर्दू का शेर कह दिया जिसके पूरे अर्थ मेरे सिवा कोई दूसरा नहीं समझ सकता :

अपने चमन में घूमता हूं मिस्ले अजनबी।
है शाखो शजर सब वही पर आशयां नहीं॥

दुनिया में सब्र भी कोई चीज़ है कि जिसके सहारे संसार के सताए हुए सब ही 'जीमसोस' अपने दुखते दिल को दिलासा दे लेते हैं। यूं आंसुओं से बुझती नहीं है जी की जलन, पर ज़रा ठण्डी पड़ जाती है।

फिर याद आती हैं वे सब बातें कि जिनसे दुखाए थे दूसरों के दिल। पर पंछी-पखेरू के उड़े जाने पर पश्चात्ताप भी किया तो क्या। कहीं मरने के बाद लौट आना भी संभव होता तो दुनिया का रंग ही कुछ और होता। बीवी वालों को मेरी सलाह है कि चाहे जो करें पर रात को जब बीवी दूध का गिलास लावे तो उसे पक्के फर्श पर मत फेकें कि तुमने नहीं पिया तो मैं भी नहीं पीऊंगा, कहीं बीवी मर गई तो अपने दिल का दाग गिलास पर छोड़ जाएगी। न तो उस गिलास को फेकें बने न दूध पिए बने। मेरे सब गिलासों में दाग हैं मुहब्बत के।

बस रहने लगा बाहर की एक कोठरी में। उसीमें सोने के लिए तख्त, उसमें दफतर की मेज़, उसीमें रडियो और उसीमें चाय के बर्तन। यहीं आते थे कलक्टर, कमिश्नर और ग्राम-निवासी और तख्त पर बैठकर करते थे बात।

"चल म्हारी खीर खोल दे"

एक दिन देहरादून से बीसियों मील दूर ढकरानी ग्राम के दो मुसलमान कोठरी की तरफ आ रहे थे। सामने चिक पड़ी देखकर कुछ ठिठक-से गए। मैंने अन्दर से पहिचान लिया और ज़ोर से आवाज़ लगा दी, "आओ मखमुल्ला, अन्दर चले आओ।" उन्होंने एक-दूसरे की और देखा और बात की बात में मखमुल्ला की आंख से आंसुओं की धारें ढुलककर डाढ़ी से चूने लगीं। मैंने समझा कि इसके घर कुछ 'ग़र्मी' हो गई होगी। जिन किन्हींको कोई कष्ट होता था वह मेरे घर अपना मन हल्का कर लेते थे। मखमुल्ला को रोते देखकर मैं चिक उठाकर बाहर आया और उसके कन्धे पर हाथ धरकर मैंने प्यार से पूछा कि "कहो क्या बात है, घर पर सब राज़ी-

खुशी हैं ?" आंसू पोंछते हुए उसने हंसकर कहा, "कोई बात नहीं, तैं जो मेरा नाम लेकर पुकारा तो मुझे रोनी आ गई।" अन्दर आए और राई और मखमुल्ला दोनों पैर झाड़कर तख्त पर बैठ गए। मैं कुर्सी पर बैठा था कि मेरी मेज़ पर 20 या 25 रुपये रखकर मखमुल्ला ने कहा, "जेल से छूट के आया है जनें तेरे पास खाने कू भी है या ना।" बन्दोबस्त के दिनों में किसान लोग मुझे हर प्रकार की नज़र भेंट दिया करते थे। एक दिन एक गांव वाले ने जो नशे से महक रहा था, भरी सभा में कच्ची शराब की बोतल यह कहकर मेरे हाथ में धर दी कि "गांधी-मार्का है थोड़ी-थोड़ी पीजे।" मैंने मखमुल्ला के रुपये रख लिए और पूछा, "घर पर सब राज़ी-खुशी हैं ?" बोला :

"खुदा की नियामत है, सब मौज कर रहे हैं और तुझे दुआ दे रहे हैं। तैं बन्दोबस्त में मेरा लगान घटवा दिया था। तू तो जेल चला गया पीछे परवरदिगार की वह बरकत हुई कि बस पुच्छे ना, उधर जर्मन की लड़ाई छिड़ गई और बांसमती का भाव 45 रुपये तक चढ़ गया। मज़दूरों ने अपनी मज़दूरी सवा रुपये रोज़ कर ली। बस मैंने अपने लम्डे, लम्डी और लम्डों की बहुवाँ और दामादों कू जुटा कर......बीघे बांसमती जड़ दी। बस एक ही फसल में मेरा कर्ज़ा भी उतर गया और मैंने दो भैंस भी खरीद लीं। दो-चार दिन तो खीस खाई। जिस दिन दूध फटना बन्द हो गया तो लम्डे की बहू ने खीर पका ली। भरी थाली में से दो लुक्मे खाए होंगे अक मुझे तेरी याद आ गई कि या अल्ला जिसने खीर खुलाई वह तो आज जेल में बन्द पड़ा है और तू खीर खा रिया ? बस तीसरा लुक्मा मुंह में ना चला। वह दिन और आज का दिन, तीन बरस हो लिए, तेरे सिदके म्हारे घर खीर नहीं पक्की। अब तू चल म्हारी खीर खोल दे।" मखमुल्ला की बात याद करके मुझे आज

भी ऐसा लगता है। कि जन-सेवा का इससे ऊंचा प्रमाण-पत्र मुझे न आज़ तक मिला है। न आइन्दा मिलेगा । असली गांधी-मार्का तो यह थी कि जिस नशे के हम आदी थे। अब मौसम बदल गया । सेवा और शासन के दोनों नशे साथ-साथ नहीं चल सकते । सेवा प्रधान हो तो शासन भी ठीक चले, पर जब शासन ऊपर और सेवा नीचे हो जाए तो देश की खैर नहीं । इस किताब के छपने से पहिले मैं अपने मित्र मखमुल्ला का फोटो लेने 'ढकरानी' गया, पर उनका देहान्त हो चुका था । ईश्वर उनकी आत्मा को शान्ति दे ।

चुनाव की कलाबाज़ी: मालवीय जी और किदवई

(1)

यह लेख इसी शर्त पर लिखा गया है कि पाठकगण यह वायदा करें कि इससे प्रभावित होकर वे लेखक को अपने मन से न उतार देंगे, और जिन दूसरे सज्जनों की इस लेख में चर्चा है उनके प्रति भी अपना प्रेम कम न होने देंगे। अंग्रेज़ी में कहावत है कि 'प्रेम और युद्ध में कोई कायदे-कानून नहीं चलते।' हम लोगों ने उन दिनों अंग्रेज़ी सरकार से युद्ध छेड़ रखा था, इसलिए हम कायदे-कानून के प्रतिबन्धों से स्वतन्त्र होकर कार्य करते थे। पुरानी रहस्य की बातें हैं। मुंह पर आई को छिपाने की आदत नहीं। और छिपाऊं भी तो किसके लिए? छिपाने का अर्थ तो यही है न कि सबसे न कहकर किसी विशेष व्यक्ति से कहो। बीवी ज़िन्दा हो तो बीवी से, नहीं तो किसी घनिष्ठ मित्र से 'राज़' की बात कहकर समझ लो कि पूंजी बैंक की तिजोरी में जमा कर दी। मेरे हो गए दोनों रास्ते बन्द, अब मैं कहूं भी तो किससे? पाठक पर भरोसा है कि वे मेरे चरित्र, लाज और ख्याति की रक्षा करेंगे।

1936 का चुनाव

सन् 1936 में कांग्रेस भी असेम्बलियों के चुनाव लड़ रही थी। मैं तो हमेशा चुनाव के लिए अयोग्य ही रहता था। इस बार भी चूंकि दो बरस की सज़ा काटकर आया था, मुझे असेम्बली के लिए खड़े होने की सरकार से स्वीकृति नहीं मिली। पन्त जी ने गवर्नर को खत भी लिखा पर सरकार का जवाब आया कि श्री जवाहरलाल नेहरू के दौरे में इस आदमी ने भरी सभा में पुलिस को घूंसा दिखाया था, इसलिए इसकी निर्योग्यता (डिसक्वालिफिकेशन) खत्म नहीं की जा सकती। मुझे बहुत मायूसी हुई, पर मेरे कांग्रेस के साथियों ने मेरी धर्मपत्नी शर्मदा त्यागी को, जो स्वयं भी जेल काट चुकी थीं, देहरादून से मेरी जगह खड़ा कर दिया, यह कहकर कि छः महीने बाद जब मेरी निर्योग्यता समाप्त हो जाएगी तो शर्मदा जी इस्तीफा दे देंगी और मैं असेम्बली में चला जाऊंगा।

उन दिनों श्री रफी अहमद किदवई हमारी प्रान्तीय कांग्रेस कमेटी (उत्तर प्रदेश) के अध्यक्ष थे। लखनऊ में एक बालेखाने पर रहते थे। सैकड़ों टिकट लेने वाले आदमी उनके पास आते-जाते थे। उनका बहुत ऊंचा नाम था, क्योंकि उनके घर में कांग्रेस का टिकटघर था। इक्के-तांगे वाले उनको लखनऊ का 'कांग्रेसी नवाब' कहने लगे थे। स्वास्थ्य तो ठीक था नहीं, टेलीफोन के ज़ोर से चुनाव लड़ रहे थे। इससे पहले रफी अहमद किदवई के सारे गुण प्रान्त को मालूम नहीं थे, असली गुणों का पता तो इस चुनाव से ही चला। अंग्रेज़ गवर्नर चुनावों में विशेष रूप से दिलचस्पी ले रहे थे और उन्होंने तमाम राजा, महाराजा, ताल्लुकेदारों को मिलाकर एक पार्टी बनवा ली थी, जिसका नाम 'एग्रीकल्चरिस्ट पार्टी' रखा था। बड़ा ज़ोर था उनका। कलक्टर

भी अधिकतर अंग्रेज़ ही थे और जो हिन्दुस्तानी थे वे भी कुछ अंग्रेज़ों से कम नहीं थे। अधिकतर इस कोशिश में थे कि कांग्रेस हार जाए। श्री मालवीय जी ने अपनी 'इण्डिपेंडेंट काग्रेस पार्टी' खड़ी कर दी थी। अधिकांश कांग्रेस बालों का कहना था कि शायद 30-40 फीसदी सीट कांग्रेस को मिल जाएं क्योंकि न तो हमारे पास रुपया था और न प्रभावशाली उम्मेदवार। आदमी जो अच्छे थे उनमें से अधिकतर असेम्बली के लिए खड़ा होने में अपना अपमान मानते थे। अभी तक हमारे दिमागों में महात्मा गांधी के वे शब्द गूंज रहे थे कि अंग्रेज़ों की असेम्बली में जाना पाप है। सन् 1920-21 में बायकाट किया था असेम्बली का, कालेजों का और अदालतों का। बहुत-से लोग यह समझते थे कि यह स्कीम (असेम्बलियों में जाने की) देश के लिए घातक सिद्ध होगी। हम लोगों को अपनी सफलता पर भी भरोसा कम था। अकेले जवाहरलाल नेहरू कहते थे, "तुम लोग जानते नहीं हो, बहुत बड़े बहुमत से जीतेंगे, केवल यू०पी० में नहीं, बल्कि सारे सूबों में जीतेंगे।" हम लोग इन्हें 'आसमानी नेता' कहकर हंसा करते थे। अब देखते हैं कि यह तो सचमुच ही आसमानी नेता नहीं बल्कि फरिश्ता निकला!

दूसरे थे श्री रफी अहमद किदवई, उनकी बाबत हमारी यह धारणा थी, कि ये समझते कुछ हैं, कहते कुछ हैं। पर वे बड़े विश्वास के साथ कहा करते थे कि कांग्रेस की 'कसरत राय' आ जाएगी। पंडित गोविंदवल्लभ पंत की राय मुझे याद नहीं रही, पर मेरा ऐसा ख्याल है कि उनको शायद भरोसा नहीं था कि हमारा बहुमत हो जाएगा।

मालवीय जी उन दिनों देहरादून आए हुए थे। मेरा नियम था कि सुबह-शाम उनको नमस्कार कर आऊं और सेवा पूछ लूं। श्री

रफी अहमद किदवई को यह पता था कि मैं मालवीय जी के पास आता-जाता हूं और मालवीय जी मुझपर कृपा रखते हैं। श्री किदवई बेचारे आज हमारे बीच में नहीं हैं। उनकी बात का पीठ पीछे ज़िक्र करना ऐसा लगता है कि जैसे किसी गिरोह का एक आदमी मुखबिर हो जाए। जेलखानों में जो मुखबिर आते थे, कैदी लोग उनको खूब पीटते थे। आज मैं भी मुखबिरी का काम कर रहा हूं, अपने एक बहुत गहरे दोस्त के खिलाफ पुराने-पुराने राज़ (रहस्य) खोल रहा हूं। पर, उन रहस्य के कामों में कोई स्वार्थ-भावना नहीं थी, परोपकारार्थ किए थे, इसलिए उनको पूरा पाप कहना भी गलत होगा। सब देशहित के विचार से किया गया। रफी भाई को भी पाठकगण इसी आधार पर क्षमा करें कि 'प्रेम और युद्ध के कोई कायदे-कानून नहीं होते हैं।'

मालवीय जी से सौदा !

एक दिन शाम को लखनऊ से रफी साहब का टेलीफोन आया, "त्यागी जी, आप मालवीय जी से मेरी सिफारिश नहीं कर सकते?" मैंने कहा, "क्या कहना है, बताइए।" कहने लगे, "ज़रा तुम उनसे कहो कि काहे के लिए यह इण्डिपेण्डेण्ट पार्टी अगले खड़ी करते हैं। तन्दुरुस्ती उनकी ठीक नहीं, दौरा करने के काबिल नहीं। फिर, इण्डिपेण्डेण्ट पार्टी के उसूल सब कांग्रेस के उसूलों से मिलते हैं, केवल एक 'कम्युनल एवार्ड' के मामले में मतभेद है। फिज़ूल के वास्ते झगड़ा करेंगे, लाखों रुपये अपने खराब करेंगे। हमारे ऊपर भी मुसीबत आ जाएगी और न यह जीतेंगे, न हम जीतेंगे, जीतेगी एग्रीकल्चरिस्ट पार्टी। उनको समझाइए, मालवीय जी को। अपने बड़े नेता हैं। अब मोतीलाल जी तो हैं नहीं, सबसे पुराने नेता वही

हैं हमारे सूबे में। कहो उनसे कि फैसला कर लें।" मैंने कहा, कि "साहब, कैसा फैसला आप चाहते हैं, किस लाइन पर बातें करूं ?" उन्होंने कहा, "थोड़ी-बहुत सीटें ले लें और चुप हो जाएं। जहां-जहां से वे सीट लड़ेंगे, हम कांग्रेस के उम्मेदवार को वापस कर लेंगे।" मैंने कहा, "कोशिश करूंगा।"

रात को मैं गया मालवीय जी के पास और वहीं सब बातें अपने तरीके से कह दीं। मालवीय जी ने कहा, "देखो भाई, कांग्रेस मेरे लिए कुछ सीटें छोड़ दे तो समझौते पर विचार कर सकता हूं। तुमसे रफी अहमद किदवई ने बात की है ?" मैंने कहा, "जी हां, वे तो यह कहते थे कि अगर मालवीय जी चाहें तो मैं देहरादून आकर बात कर लूं। आप कहें तो उन्हें बुला लूं।" उन्होंने कहा, "हां, ज़रूर बुला लो।" मैंने घर आते ही रफी साहब को टेलीफोन किया कि आ जाओ। वे अगले दिन देहरादून आ गए और श्री वेंकटेशनारायण तिवारी जी को भी अपने साथ लेते आए। श्री मालवीय को तिवारी जी पर बहुत भरोसा था। मुझसे मिले तो मैंने सारी बातें बता दीं। फिर मालवीय जी के पास ये दोनों भी पहुंचे और मैं भी गया, बातचीत होने लगी।

रफी अहमद किदवई की कुछ अदाएं ऐसी थीं कि जिनसे ज़्यादा मोहब्बत करते या जिनकी ज़्यादा इज़्ज़त करते थे उनके सामने मुंह से शब्द नहीं निकालते थे। मैंने पचासों बार उन्हें जवाहरलाल जी से बात करते देखा। "हां, हूं, जी हां, जी अच्छा, वाह, रहने दीजिए, क्या बात है, जी नहीं।" इस किस्म की बातें करते थे। बात अपनी कहेंगे, पर दो टूक, बहुत थोड़ी-सी, और वह भी घुमा-फिराकर।

नीची निगाह किए, जैसे कि अपने अब्बाजान के पास पहुंचते थे, रफी साहब मालवीय जी के कमरे में दबे पैर दाखिल हुए। अदाबअर्ज़

किया और बैठ गए। मालवीय जी ने कहा, "कहो रफी, त्यागी जी न कल मुझसे कहा था कि तुम समझौता करना चाहते हो। अब उसमें और क्या ? बात तो ठीक ही हैं। तुम यह बताओ कि कितनी सीट तुम मुझे दे सकते हो?" रफी साहब ने कहा, "यह तो आप ही बताइए कि कितनी सीट आपको चाहिएं। जितनी आप चाहें ले लें।" मालवीय जी ने पूछा, "हां, सच ?" "जी हां,जो कुछ आप हुक्म देंगे वही होगा।" मालवीय जी बोले, "तो भाई, तुम मुझको सिर्फ 15 सीट दे दो।" रफी साहब ने उत्तर दिया,"पन्द्रह तो बहुत मुश्किल है।" मालवीय जी ने कहा, "फिर तुम ही बताओ। मैं तो तुमसे पूछ रहा था कि कितनी सीट दे सकते हो, तुमने मुझपर छोड़ दिया तो मैंने 15 मांग लीं। यदि 15 नहीं दे सकते तो बताओ कितनी दोगे?" रफी अहमद थोड़ी देर सोचकर बोले,"जी, 20 या 25 दे सकता हूं।" हमको ताज्जुब हुआ। पन्द्रह को मना कर दिया और 25 दे दीं। यह कैसी बातें करते हैं ? मालवीय जी ने पूछा, "सच?" बोले, "जी, 20 देने को तैयार हूं।" मालवीय जी ने कहा, "लिखना पड़ेगा।" रफी साहब बोले, "लिख लीजिए।" "दस्तखत करने पड़ेंगे।" बोले, "जी अच्छा, आप लिख लीजिए।"

'स्पेलिंग मिस्टेक ।'

तो, मालवीय जी ने चारपाई पर पड़े-पड़े तकिये के सहारे बैठकर अपने घुटने पर कागज़ रखकर एक मजमून लिखा और लिखने के बाद श्री रफी साहब को पढ़कर सुनाया। उस मजमून का मतलब यह था कि चूंकि कांग्रेस पार्टी और कांग्रेस नेशनलिस्ट पार्टी के राजनैतिक ध्येय एक ही हैं इसलिए राष्ट्रीय मामलों में ये

दोनों पार्टी एक ही नेता को अपना नेता मानकर काम करेंगी। परन्तु कम्युनल एवार्ड या उसके प्रासंगिक विषयों में नेशनलिस्ट पार्टी अपना अलग नेता चुनकर उसी नेता के अनुसार कार्य करेगी। अंग्रेज़ी में शब्द ये थे :

"In the case of Communal Award and matters alike..."

रफी साहब ने कहा, "जी हां, ठीक है।" फिर बोले, "ज़रा इसमें एक 'स्पेलिंग मिस्टेक' रह गई है, उसे ठीक कर दं।" मालवीय जी को बहुत ताज्जुब हुआ। उनकी स्पेलिंग मिस्टेक ? वे स्वयं स्कूल-मास्टरों के मास्टर थे। बोले, "क्या बात करते हो रफी ? तुमने सुना है, पढ़ा नहीं, देखा नहीं, स्पेलिंग मिस्टेक क्या चीज़ ?" रफी बोले, "जी हां, एक रह गई है, मैं ठीक कर दूंगा।" मालवीय जी इस बात पर बहस करने लगे, "स्पेलिंग मिस्टेक कैसी ?" रफी साहब बोले, "जी ग्रामर (व्याकरण) की रह गई होगी।" मालवीय जी को बहुत हंसी आई। उन्होंने एक मर्तबा और पढ़ा तमाम मजमून, बोले, "कहां मिस्टेक है ?" रफी साहब बोले , "लाइए मैं ठीक कर दूंगा।" मालवीय जी ने कागज़ उनको दे दिया। उन्होंने अपना फाउण्टेन पेन निकाला और कुछ ठीक करके पर्चा मालवीय जी को वापस दे दिया। मुझे पता नहीं चला कि कौन-सा शब्द ठीक किया। पर मैंने यह देखा कि पर्चे को देखकर मालवीय जी मुग्ध हो गए। जैसे कवि-सम्मेलन में आवाजें लगती हैं, मालवीय जी ने कहा, "वाह, वाह, वाह, खब है, ठीक किया, वाह, वाह, वाह रे रफी अहमद, तुम तो बहुत ऊंचे कवि निकले। हालांकि मेरी डोर तो तुमने हत्थे से ही काट दी, पर कविता तुम्हारी इतनी ऊंची है कि इसके इनाम में जो कहो दे सकता हूं। तिवारी जी, ज़रा इसको पढ़ो। वाह, वाह, वाह !"

तिवारी जी ने पढ़कर आंखें मींच लीं। श्री तिवारी जी को अपनी आंख और होंठों पर इतना काबू है कि बड़ी से बड़ी बात भी उनके चेहरे पर नहीं झलक सकती। न हंसते हैं और न रंज करते हैं। रफी साहब के दिमाग को पढ़ना आसान था, तिवारी जी की मुद्रा को कठिन। कितना ज्ञान का बोझ अपने सिर में छिपाए फिरते हैं पर बोलते ऐसा हैं मानो कुछ नहीं जानते। वैसे हर विषय के पंडित और किताबों के इतने कीड़े कि एक-एक पृष्ठ आंख मींचकर पढ़ सुनाएं। आंखें किताब से 3 इंच फासले पर रखकर पढ़ते हैं। शायद यही कारण है कि जो पढ़ते हैं मन में गहरा उतर जाता है। मैंने वह पर्चा देखा तो रफी हज़रत ने क्या होशियारी की कि, जहां यह लिखा था कि—"Communal Award and matters alike" वहां लफ्ज "alike" को काटकर "allied" (शब्द प्रासंगिक की जगह संबंधित) लिख दिया। मैं भी इस तुरत बुद्धि और सूझ पर आपे से बाहर हो गया और वाह-वाह चिल्लाकर रफी साहब की कौली भर ली।

खैर, मालवीय जी ने उस समझौते पर दस्तखत करने को रफी साहब को दिया। रफी ने कहा, "पहले आप कीजिए।" मालवीय जी ने कहा, "तुम इतनी बड़ी संस्था के प्रधान हो, कांग्रेस के, इसलिए पहले तुम्हारे हस्ताक्षर होने चाहिएं। और भाई, मेरी संस्था जो है, नेशनलिस्ट पार्टी, उम्र में भी छोटी है, कद में भी छोटी है, मैं बाद में हस्ताक्षर करूंगा।" दो-तीन प्रतिलिपियों पर दस्तखत हुए और एक प्रतिलिपि श्री गोविंद मालवीय के सुपुर्द की गई और एक रफी अहमद किदवई ने अपने पास रख ली। बातचीत खत्म हो गई।

(2)

तीन-चार दिन बाद रफी साहब फिर लखनऊ से टेलीफोन पर बोले, "अरे त्यागी जी, एक काम और मालवीय जी से नहीं करा सकते ?" मैंने कहा, "क्या ?" बोले, "देखो तमाम सीटों पर एक-एक उम्मेदवार को हम अपना टिकट दे चुके, फिर 20 सीट मालवीय जी को देनी हैं, अब 20 आदमियों को हटाना पड़ेगा। किसको हटावें, यह बड़ा भारी सवाल होगा। कोई ऐसी होशियारी नहीं भिड़ा सकते कि मालवीय जी की तरफ कुछ अपने उम्मेदवार खिसका दो और उन्हें यह मत बताओ कि हमारे उम्मेदवार हैं। होशियारी से काम लो।" मैंने कहा, "मालवीय जी को मालूम हो। गया तो वह क्या कहेंगे ? " बोले, "बात तो हमारे-तुम्हारे बीच की है, कोई हम थोड़े ही कहने जा रहे हैं, तुम फिक्र क्यों करते हो ?" मैंने कहा, "कल सरदार पटेल और महात्मा जी को क्या मुंह दिखाओगे ?" उन्होंने कहा, "फिजूल की बात करते हो, क्या उन्हें कोई आगाज़ आती है ?" मैंने पूछा, "कौन-कौन-से उम्मेदवार खिसकाऊं ?" बोले, "जो भी तुम्हारी समझ में आएं। तुम इसकी फिक्र न करो। ज़रा बातचीत तो करके देखो।"

मुझसे रहा न गया और मैं सीधा लखनऊ चला गया। वहां सब ऊंच-नीच की बातें करके लौट आया। अपने रिवाज के अनुसार उस शाम को फिर मालवीय जी के पास पहुंचा। उन्होंने कहा, "कहिए। क्या खबर लाए ?" मैंने कहा, "बाबूजी, बस लखनऊ की क्या खबर है, बहुत तारीफ हो रही है आपकी। सब कांग्रेसमैन कहते हैं। कि हमारे उसूली मतभेद भले ही हों, पर राष्ट्र सबसे पहले है, उसके बाद दूसरी बात है। सब आपकी प्रशंसा करते

हैं। यू० पी० में आपके मुकाबले का कोई नेता भी नहीं हैं। फिर आपसे मेरे जैसे छोटे-छोटे आदमी चुनाव भला कैसे लड़ते ? आपने हमारे सिरों से बहुत बोझ उतार दिया। सब कांग्रेसमैन आपको धन्यवाद देते हैं।" "फिर भी," मैंने कहा, "जरा-सी एक चर्चा लोगों में थी। वह कोई ऐसी नुक्ताचीनी की बात भी नहीं है पर कुछ थोड़ी-सी खुसपुस आपस में थी।" मालवीय जी ने कहा, "क्या ? वह भी बताओ, ज़रूर बताओ।" "कुछ लोग यह कहते थे कि बम्बई की कांग्रेस में जब मालवीय जी ने प्रस्ताव रखा था कि कम्युनल एवार्ड को स्वीकार न किया जाए बल्कि उसका बहिष्कार किया जाए तो उनकी बात गिर गई थी और वहां पर जब वोट दिए गए तो मालवीय जी की तरफ कम वोट रहे थे, सरदार पटेल का बहुमत हो गया था। सो कुछ लोग कह रहे थे कि हमारी बदकिस्मती है कि हम मालवीय जी के साथ थे। पटेल की पार्टी ने तो हम में से किसीको टिकट दिया नहीं, क्योंकि हमने मालवीय जी के साथ वोट दिया था। गिन-गिनकर हमसे बदले लिए जा रहे हैं। तीन-तीन, चार-चार बार हम जेल भी काट चुके। पर सरदार पटेल की शिकायत किस मुंह से करें ? खुद मालवीय जी भी अपने उम्मेदवार खड़े कर रहे हैं। कम से कम उनको तो सोचना चाहिए था कि कुछ कांग्रेसवाले भी ऐसे हैं कि जो इधर से भी निकाले गए और उधर से भी।"

मालवीय जी ने कहा, "हैं ? क्या कुछ ऐसे आदमी हैं जिन्होंने हमारे साथ वोट दिया है ?" मैंने कहा, "ग़ज़ब करते हैं आप, बहुत-से ऐसे हैं जिन्होंने आपके साथ वोट दिया था। इसमें पूछने का क्या सवाल।" मालवीय जी ने कहा, "हरे हरे हरे हरे, ऐसा है ? तो फिर तुम मुझे उनके नाम दो, मैं उनको ज़रूर खड़ा करूंगा। और क्या

सरदार पटेल ने उनको टिकट नहीं दिया ?" मैंने कहा, "नहीं साहब। सबको बीन-बीनकर बाहर कर दिया।" (यहां सरदार साहब से क्षमा याचना करता हूं) मालवीय जी बोले, "हरे हरे हरे हरे, बड़ी गलत बात की, मुझे बहुत दुःख हुआ सुनकर। ऐसा कर दिया? त्यागी जी, तुम मुझे उनके नाम बताओ।" मैंने कहा,"कितने बताऊं, आदमी तो बहुत हैं, कितने नाम बताऊं ?" बोले, "भाई देखो, 5-6 नाम हरिजी (पं० हृदयनाथ कुंजरू), चिंतामणि (सी० वाई० चिंतामणि), चौधरी मुख्तार सिंह आदि को तुम मेरे लिए छोड़ दो और बाकी 14-15 नाम जो भी तुम उपयुक्त समझो, बता दो।" मैंने कहा, "बताऊंगा कल सोचकर।"

वहां से वापस आते ही किदवई साहब को टेलीफोन किया, "यहां तक बात पक गई है, अब आप बताइए कि कौन-कौन-से नाम दूं ?" वह तो नवाब बेमुल्क थे, बोले, "कोई-से दे दो, कुछ पूरब के, कुछ पश्चिम के। जो तुम्हारी समझ में आवें दे दो।" मैंने पूछा, "क्या सारी जालसाज़ी मेरे ही हिस्से में आई है ? आप तो कुर्ता झाड़ के अलग खड़े हो जाएंगे, पटेल और गांधी के दरबार में चांद छिताई मेरी होगी।" मेरे मना करने पर बोले, 'अरे, क्या बेवकूफी की बात करते हो, ज़रा हिम्मत से काम लो, किसी गैर को धोखा थोड़े ही दे रहे हो !"

यह बात मेरे जी को चिपक गई, मैंने अपनी मन्शा से 15-20 नाम दे दिए। एक नाम मुरादाबाद के पं० शंकरदत्त शर्मा का था, एक झांसी के श्री धुलेकर का, इसी तरह औरों के भी दे दिए। पर, मेरी बदकिस्मती थी कि अलीगढ़ में अपने एक बहुत घनिष्ठ मित्र ठाकुर टोडर सिंह थे, उनका नाम भी दे दिया। वे अलीगढ़ के पुराने काम करने वाले थे और मेरठ जेल में मेरे साथ रह चुके थे। उनका

नाम देकर मुझे पछताना पड़ा। मालवीय जी ने नामों की सूची लेते समय मुझे कहा भी था, "देख लो, कहीं ऐसा न हो कि किसीके पास चिट्ठी लिखूं और बाद में वह इन्कार कर दे। इसलिए पहले तुम उनसे लिखकर पूछ लो।" मैंने कहा, "आप फिक्र न कीजिए। मैंने सब ऊंच-नीच सोचकर नाम दिए हैं।" फिर भी मैंने इन सब मित्रों को पत्र भेज दिए और उनमें लिख दिया 'मालवीय जी को मत बताना, असल में आप कांग्रेस के ही उम्मेदवार हैं, पर मालवीय जी का टिकट ले लेना। पांच-दस हज़ार रुपया भी उनसे मिल जाएगा और मालवीय जी से मुकाबला भी न होगा। बिना मुकाबले के चुने जाओगे। इसी आशा से आपका नाम मालवीय जी को दे रहा हूं।'

मैंने सबको सच्ची-सच्ची बातें लिख भेजीं पर रफी साहब का कतई ज़िक्र नहीं किया। और, आयन्दा जाल-बट्टा करने वालों को मेरी यह वसीयत है :

"निःस्वार्थ भाव से केवल परोपकारार्थ यदि किसीको कभी कुछ कच्चा-पक्का काम करना पड़ जाए तो उस काम में अपने किसी साथी को कभी न फांसना बल्कि उसके दोषों को भी अपने ऊपर ओढ़ लेना। ऐसा करने से पाप कुछ हल्का हो जाता है और आत्मा भी कम मलिन होती है। पर सबसे ज़रूरी शर्त यह है कि ऐसा जाल-बट्टा केवल उन्हींके साथ करना चाहिए जिनसे इतना गहरा अपनापन हो कि उनकी खातिर अपनी जान भी दे सको। यानी, बाप और मां की जेब से पैसे चुराने में पाप है भी तो बहुत कम है।"

बंटाधार !

पन्द्रह-बीस दिन बाद क्या घटना घटी कि वे जो हमारे दोस्त

ठाकुर टोडर सिंह अलीगढ़ के थे उन्होंने सीधा एक पत्र महात्मा गांधी को उर्दू में लिख भेजा। लिखा, "एक रास मवेशी (बैल) मुसम्मी टोडर सिंह को श्री महाबीर त्यागी ने बकीमत 10 हज़ार रुपये फरोख्त कर दिया मालवीय जी के हाथ और उसका रस्सा आपके खूंटे से खोलकर मालवीय जी के खूंटे से बांध दिया। और उसपर हिदायत यह है कि प्रोटेस्ट मत करना और किसीसे कहना मत। इसके बदले दस हज़ार रुपया चुनाव लड़ने के लिए दिया जा रहा है। इस हैसियत पर उतर आई है आपकी कांग्रेस।" महात्मा गांधी ने (जो मुझपर कृपा रखते थे) वह पत्र सरदार पटेल के पास भेज दिया क्योंकि वे केन्द्रीय पार्लियामेंटरी बोर्ड के प्रधान थे। अच्छा किया अखबार (हरिजन) में नहीं लिखा, वरना मैं तो उसी समय मिट्टी में मिल गया होता। सरदार पटेल ने तुरन्त पार्लियामेंटरी बोर्ड की बैठक बुलाई बनारस में। जवाब तलबी हुई कि यह किसके हुक्म से फैसला किया गया। सरदार पटेल यह चाहते थे कि मालवीय जी के विरोध में उम्मेदवार खड़े किए जाएं और एक-एक जगह मालवीय जी को हराया जाए। श्री जवाहरलाल, टण्डन जी व सम्पूर्णानन्द आदि किसीको यह समझौता पसन्द न था और सरदार पटेल को तो इसपर बहुत गुस्सा था।—यह किसकी अनधिकार चेष्टा है कि इस प्रकार का फैसला कर लिया ?

मैंने टोडर सिंह के पत्र की बाबत रफी अहमद से पूछा तो वे बोले, "कह दो मैंने कोई चिट्ठी नहीं लिखी।" मैंने कहा, "अरे, क्या कहते हो, चिट्ठी पर मेरे हस्ताक्षर हैं !" कहने लगे, "मना कर दो, कह दो मेरे दस्तखत नहीं हैं, कौन पूछता है।" वे इस किस्म की बातें मज़ाक-मज़ाक में कर दिया करते थे। मैं अजीब धर्म-संकट में फंस गया। इधर सरदार पटेल से मेरी मैत्री और उधर रफी साहब

के हर बुरे-भले काम का साथी। न सरदार से झूठ बोल सकता था न रफी से कोई बात छिपा सकता था। मैंने रफी साहब से स्वीकृति लेकर सारा कच्चा चिट्ठा सरदार साहब को सुना दिया। फिर क्या था, रफी अहमद किदवई और प्राविंशियल कांग्रेस कमेटी की वह खबर ली गई कि वे भी उम्र-भर याद रखेंगे। पर यह तय होने पर भी कि मालवीय जी के साथ कोई समझौता न किया जाए, परिस्थिति वही रही जो पहले थी। रफी साहब सुनते सबकी थे पर करते अपने मन की थे। इसी तरह तो कण्ट्रोल (गेहूं, चीनी का) हटा गए। सब अर्थशास्त्र के पंडित चिल्लाते रहे कि पंचवर्षीय योजना बिना कण्ट्रोल के नहीं चल सकती। रफी उनसे 'हां' करते रहे पर श्री राजगोपालाचारी से अन्दर-अन्दर साजिश करके चुपके से कण्ट्रोल हटा दिया।

ज़रा हिम्मत और सूझ-बूझ तो देखिए उस सफल राजनीतिज्ञ की! जैसे ही मैं बनारस की पेशी से लौटा कि जनाब का टेलीफोन आया, "अरे, रुपये की बहुत ज़रूरत है, ज़रा मालवीय जी से 15-20 हज़ार रुपये तो दिलवाओ।" मैंने कहा, "भाई रफी, बड़ी मुश्किल से राम-राम करके बचा हूं, परसों ही तो सरदार पटेल से 'तोबा' कर आया हूं,फिर मुझे फंसवाओगे?" बोले, "नहीं, ज़रा होशियारी से काम लो। सीधे रुपया मत मांगो बल्कि उनसे कहो कि बनारस में लोग चर्चा कर रहे थे कि मालवीय जी बड़े हिन्दुओं के हितों के रक्षक बनते हैं और हरिजनों को उठाने का परिश्रम करते हैं, पर अपनी पार्टी के टिकट पर किसी हरिजन को खड़ा नहीं किया।" मैंने कहा, "यह तो मैं कह दूंगा पर इससे रुपये का क्या ताल्लुक ?" बोले, "अरे, कह करके तो देखो।" मैं महामना के पास फिर चला गया। सरदार पटेल से वायदा करके आया था

कि आयन्दा से किदवई के चक्कर में कभी न फंसूंगा। पर कोई जान-बूझकर थोड़े ही फंसा करता था, मुझे स्वयं भी तो ऐसे कामों में कुछ मज़ा आता था, उन दिनों बिना कुछ औठम किए अन्न नहीं पचता था। मैंने महामना से वेदमंत्र की तरह रफी साहब की बात दोहरा दी।

मालवीय जी को इतना धक्का लगा कि बल खाकर तकिये पर गिर पड़े और लम्बी सांस भरकर बोले, "अनर्थ हो गया, भयंकर भूल हो गई। अब क्या हो सकता है!" फिर कहा, "त्यागी जी, तुम तुरन्त लखनऊ जाओ और रफी से कहो कि हमारी लाज रखने के लिए दो सीट हमें और दे दें और अपने हरिजन उम्मेदवारों को तैयार कर दें। कि वे हमारे टिकट को स्वीकार कर लें।" मैं हक्का-बक्का-सा रह गया, सोचने लगा कि रफी भाई भी क्या कोई 'औलिया' हैं जो दूसरों के मन की भांप लेते हैं ? महामना ने श्री गोविन्द मालवीय को आज्ञा दी कि मेरे जाने-आने के लिए फर्स्टक्लास के खर्च का प्रबन्ध कर दें। मेरे मना करने पर भी मालवीय जी ने मुझे 100 रुपये दे दिए। मैंने उन रुपयों को ऐसे प्यार और उत्साह से स्वीकार किया कि जैसे बेटा बाप से लेता है। खूब खाता-पीता और सिगरेट का धुआं उड़ाता हुआ लखनऊ पहुंचा। दोस्तों को सब किस्से सुनाए और मुफ्त का रुपया था, खूब चाय-पानी उड़ाया। रफी साहब के बालेखाने पर पहुंचा। हंसते-हंसते होश न आया। जब रफी ने मालवीय जी को टेलीफोन किया,"चार हरिजन आपको दे दूंगा पर वह दूंगा कि जिनके सफल होने की हमें आशा नहीं है, क्योंकि हमारे पास रुपये की कमी है और उनपर कम से कम 50 हज़ार खर्च होगा।"मालवीय जी ने कहा, "इसका फिक्र न करो। मुझे चार हरिजन दे दो तो मेरा कल्याण हो जाएगा। खर्चा करने और जीतने की ज़िम्मेदारी मुझपर है।" फिर

चार नाम मालवीय जी को और दे दिए और उनका चुनाव-खर्च ले लिया। जितना भी रुपया आया वह सब तो उन हरिजनों पर खर्च किया होता, कुछ उनपर हो गया, बाकी औरों पर।

चुनाव समाप्त हो गया और हम लोगों को बहुमत हुआ। एक प्रान्त में नहीं बल्कि 'आसमानी नेता' के कहने के अनुसार भारत-भर में हमारा बहुमत हो गया। महामना मालवीय जी, श्री रफी अहमद किदवई और सरदार पटेल के चरणों में मेरा हज़ार-हज़ार प्रणाम है। उन्होंने भारत की जो सेवाएं की हैं, उन्हें भुलाया नहीं जा सकता। परमात्मा हमें इन बुज़ुर्गों के चरण-चिह्नों पर चलने की क्षमता दे।

अनुशासन

सन् 1938 में मैं यू०पी० प्रदेश कांग्रेस कमेटी का मंत्री चुना गया। उन दिनों प्रान्तों में कांग्रेसी सरकारों की स्थापना हो चुकी थी। श्री गोविन्द वल्लभ पन्त हमारे प्रान्त के प्रीमियर थे और श्री रफी अहमद किदवई, डा० काटजू, विजयलक्ष्मी पंडित, हाफ़िज़ मुहम्मद इब्राहीम और सम्पूर्णानन्द मिनिस्टर थे। मैं साधारण एम० एल०ए० था। शर्मदा का देहान्त हो चुका था और उमा, उषा और सरोज तीनों अपनी मौसी के पास दिल्ली रहती थीं। मेरे साथी श्री अजीत प्रसाद जैन रफी अहमद किदवई के महकमा माल के पार्लियामेंटरी सेक्रेटरी थे। अभी तक डिप्टी मिनिस्टरी के पद चालू नहीं हुए थे। दिन-भर मैं असेंबली के कामों में और सुबह-शाम प्रान्तीय कांग्रेस कमेटी के दफ्तर में जुटा रहता था। खाने-पीने और सोने-बैठने का प्रबन्ध श्री अजीत प्रसाद जैन के घर था। उन दिनों वे मेरे गहरे मित्रों में से थे। जब कभी मियां-बीवी की लड़ाई हो जाती तो मैं परिवार का 'जज' था, दोनों को बुलाकर डांट-डपट कर देता और अजीत पर कुछ न कुछ जुर्माना करके भाभी जी को दिलवा देता। बनिये की बेटी और सुभाव की देवी, उसे तो इतना ही काफी था कि मुकद्दमा जीत जाती, फिर जुर्माना नकद दिलवाता था। अजीत प्रसाद के बेटों शांति और श्यामा को भी किसीने सुझा दिया कि बाप पर मुकद्दमा करो तो जज

साहब जुर्माना दिलवा देंगे। आए दिन दोनों कोई न कोई मुकद्दमा ले आते। मैं बाकायदा हलफिया बयान लेता, वल्दियत पूछता और बच्चों को दो-चार आने दिलवा देता। एक दिन मैंने छोटे बच्चे श्यामा का मुकद्दमा खारिज कर दिया। बस उसको इतना दुख हुआ कि उसने रोना शुरू कर दिया और मुद्दालय (श्री जैन), गवाह (अपनी अम्मी) और अदालत को मारना शुरू कर दिया—अभी तीन या चार वर्ष का तो था ही। आज श्यामा विलायत से बड़ी योग्यता के साथ डाक्टरी पास करके दिल्ली में दिलों का इलाज करते हैं। उनका असली नाम है क्रान्ति प्रसाद जैन।

उन दिनों चूंकि श्री जवाहरलाल नेहरू, सरदार पटेल, मौलाना आज़ाद, राजेन बाबू और महात्मा गांधी सभी असेम्बलियों से बाहर थे इसलिए कांग्रेस वर्किंग कमेटी, पार्लियामेंटरी बोर्ड और प्रांतीय और जिला कांग्रेस कमेटी सभी अपनी-अपनी जगह सम्मानित संस्थाएं मानी जाती थीं, और कोई भी प्रादेशिक चीफ मिनिस्टर इन कमेटियों के प्रस्तावों की अवहेलना नहीं कर सकता था। एक बार गवर्नर साहब ने (जो अंग्रेज़ थे) हमारी प्रान्तीय सरकार के राजनैतिक बंदियों को छोड़ने वाले प्रस्ताव को अस्वीकार कर दिया तो पार्लियामेंटरी बोर्ड ने पन्त जी को त्यागपत्र देने का आदेश दिया। गोकि पन्त जी इस आदेश से खुश नहीं थे फिर भी तुरन्त हमारे मंत्रिमंडल ने त्यागपत्र दे दिया। पार्टी में बातचीत की बहुत स्वतंत्रता थी। उन दिनों कांग्रेस संस्था का रूप एक परिवार का सा था। इसमें एक-दूसरे की डांट-डपट भी होती थी और रूठे हुओं की खुशामद भी। असल में उन दिनों हमारा सुपना साझे का था। सभी अपनी-अपनी शक्ति अनुसार उसमें रंग भरते थे, इसलिए आपस में ईर्ष्या नहीं थी—स्पर्धा थी। आज की संतति के लोग उन दिनों का चित्रण पूरी तरह से नहीं कर

सकते क्योंकि अब वे सुपने फूटकर टुकड़े-टुकड़े हो गए हैं। अब तो हम सब व्यक्तिगत सुपने देख रहे हैं और अपने-अपने निजी सुपनों में रंग भरने की चिन्ता करते हैं। जवाहरलाल जी उन दिनों में भी हमारे नेता थे परन्तु मोतीलाल जी के रहते-रहते वे बड़े भाई के समान रहे पिता के तुल्य नहीं। जो उमर में बहुत छोटे थे वे परों की ओर हाथ बढ़ाकर नमस्कार करते थे, छूते नहीं थे कि कहीं ठोकर न मार दें, क्योंकि अपनी जवानी में ये बड़े मरखने-से थे और अपने पैरों को छुवाने में ऐसे शर्माते और गुस्सा करते थे कि जैसे बचपन में किसीने गाल छू दिए हों।

उन दिनों पन्त सरकार का बहुत नाम था। श्री रफी अहमद किदवई ने किसानों को अपनी भूमि पर मौरूसी अधिकार दिए थे, सारा प्रान्त कांग्रेस की जय-जयकार कर रहा था। गोकि आजकल (सन् 1959) में करोड़ों रुपये कम्युनिटी प्रोजेक्ट के नाम पर खर्च हो। रहे हैं, पर जितनी उमंग और उत्साह उन दिनों में था उसका सौवां हिस्सा भी आज ग्रामों में नहीं है। 1939 में महायुद्ध छिड़ते ही हम लोगों ने सरकारें छोड़ दीं और व्यक्तिगत सत्याग्रह करके सब लोग जेलों में चले गए। और असेंबलियों पर कब्ज़ा कर लिया। सन् 1942 के आन्दोलन के बाद अंग्रेज़ों से समझौता हो गया। पंडित जवाहरलाल नेहरू केन्द्रीय प्रधान मंत्री और पंडित पन्त फिर यू०पी० के चीफ मिनिस्टर हो गए थे। एक दिन मैंने एसेम्बली में अन्न के कंट्रोल और राशनिंग के विरुद्ध बहुत तीखी-सी तकरीर कर दी, और कह दिया कि रिश्वतखोरी का बाज़ार गरम है। यह बात रफी साहब तक को पसन्द नहीं आई। रात को पार्टी की कार्यकारिणी बुलाई गई और मेरा 'कोर्ट मार्शल' किया गया। पन्त जी ने कहा, "जब त्यागी जैसे पुराने

साथी एसेम्बली में ऐसी तीखी-तीखी तकरीर करेंगे तो अनुशासन कहां रहेगा। इन्होंने केवल प्रान्तीय सरकार को ही नहीं बल्कि केन्द्रीय सरकार पर भी तरह-तरह के अभियोग लगाए हैं। जिस वृक्ष की छत्र-छाया में बैठे हैं जब उसीपर वार किया जाएगा तो संस्था का क्या हाल होगा।" 25 वर्ष के जिगरी दोस्त, मुसीबत के साथी कि जिनके साथ दांत काटी रोटी का सम्बन्ध था, वे मुझे कांग्रेस से निकालने की बात पर हां कैसे कहें। हमारी कार्यकारिणी के सभी सदस्य परेशान थे। फिर भी कायदे में जवाब तलब किया गया तो मैंने कहा, "मुझे सभी मित्रों के बीच में यह स्वीकार कर लेना चाहिए कि मेरी तकरीर से पार्टी का अनुशासन भंग ज़रूर हुआ है, मुझे स्वयं इसका इतना दुख है कि शाम की चाय गले न उतर सकी, अपनी संस्था की बुराई मैं स्वयं करूं यह मुझे अच्छा नहीं लगा, पर बहुत आदर के साथ मैं यह कहना चाहता हूं कि जिस ढंग से पन्त सरकार चल रही है उससे कांग्रेस की मान-मर्यादा को ठेस लग रही है। और साथियों में निर्भीकता की जगह चरण-चुम्बन की प्रवृत्ति बढ़ रही है। सरकार हमारे सुपनों में रंग भरने की जगह हमें नैतिक पतन की ओर ले जा रही है। हमें घुसखोरी और चोरबाज़ारी को सख्ती के साथ दबाना चाहिए पर हम लोग अपने बनने-संवरने में ऐसे जुटे हैं कि शासन की खबर नहीं, वह तबाह हो रहा है। मैंने यह तकरीर जानबूझ कर की है, क्योंकि कांग्रेसी सदस्यों का यह भी एक कर्तव्य है। कि वे अपनी संस्था को अग्रगामी और उन्नत बनाने का प्रयत्न करें और प्रतिगामी न होने दें। देश का ह्रास हो और हम अनुशासन के धागों से मुंह सिए बैठे रहें यह शोभा की बात नहीं। मेरी ऐसी तकरीरों से संस्था को बल मिलेगा।"

श्री पुरुषोत्तम दास टंडन, जो हमारी असेम्बली में स्पीकर थे, पार्टी-मीटिंग में जाया करते थे। उन्होंने कहा, "जब तुम जैसे पुराने साथी यह मानते हो कि तुम्हारी स्पीच पार्टी के अनुशासन के विरुद्ध थी तो तुम्हें क्षमा-याचना कर लेनी चाहिए।" मैंने उत्तर दिया, "जो आप कहते हैं वह तो ठीक है टंडन जी, पर मेरी तीन बेटियां हैं, मैं नहीं चाहता कि मेरे मरे पीछे उन्हें यह सुनकर गर्दन नीची करनी पड़े कि मुसीबत की रात में जब उनके बाप की परीक्षा का समय आया तो उसने भी सिर झुका दिया था। दुनिया में जितने बड़े-बड़े उपन्यास लिखे गए हैं उनके लेखकों ने अपने नायक के चरित्र में एक समता रखी है जैसे कि 'ला मिज़रेबिल' का जीन वाल जीन, या 'डान क्विकज़ोट' का नायक। मैं भी एक नायक हूं, स्वयं अपने जीवन का उपन्यास लिख रहा हूं। माफी मांगने से मेरे चरित्र की समता भंग हो जाएगी।" बेगम वाजिद ने कहा कि मैं तो त्यागी जी के खिलाफ कुछ कह नहीं सकती क्योंकि उनमें कोई दाग नहीं है। ठाकुर मलखान सिंह ने पूछा, "जब आप खुद मा हो कि आपने अनुशासन भंग कर दिया है तो आप ही बताइए। हमें क्या निर्णय देना चाहिए ? ' मैंने कहा, "कांग्रेसमैन होने के नाते मेरी राय है कि आप मुझे कांग्रेस से निकाल दें और असेम्बली से मेरा त्यागपत्र मांग लें। ऐसा करने से कांग्रेस की मान-मर्यादा बढ़ेगी और भविष्य में अनुशासन भंग होना भी कम हो जाएगा। यदि आपने ऐसा न किया तो मैं इससे भी कहीं अधिक तकरीरें करने वाला हूं क्योंकि मुझे आपके शासन से तसल्ली नहीं है। यदि मुलज़िम को सफाई के गवाह पेश करने का भी अधिकार हो तो मैं रफी साहब से पूछना चाहता हूं कि वे हलफ उठाकर कह दें कि उन्हें वर्तमान शासन- नीति पसन्द है।" रफी साहब हंस पड़े।

मैंने कहा, "हंसी के माने हैं सहमति । दूसरे गवाह सम्पूर्णानंद हैं। कहिए बाबू जी, आपको तसल्ली है ?" वे भी चुप रह गए। मैंने कहा, "या तो हां बोलो वरना मैं समझूंगा कि 'अलखामोशी नीम रजा' (चुप्पी के अर्थ हैं सहमति) ।' वे कुछ नहीं बोले। फिर मैंने विजयलक्ष्मी पंडित से पूछा (मेरे ये तीनों गवाह पंत जी के कैबिनैट में थे) । विजयलक्ष्मी से मैंने कहा, "तुम पंडित मोतीलाल नेहरू की मरी मिट्टी की निशानी हो। बताओ, तुम्हें मौजूदा शासन-प्रणाली से संतोष है ?" वे बोलीं, "कतई नहीं ।" अब तो पंत जी को लेने के देने पड़ गए। आए थे रोजे छुड़वाने, नमाज़ गले पड़ गई। बोले, "जैसे पार्टी की समझ में आए फ़ैसला करे। मैं पार्टी पर अपनी राय थोपना नहीं चाहता," और कुर्सी छोड़कर बाहर जाने लगे। मैं भी पीछे-पीछे यह कहकर चल दिया कि ये सब न्यायाधीश मेरे मित्न हैं, आपकी गैरहाजरी में ये मुलज़िम से मुरव्वत खा जाएंगे और न्याय नहीं कर सकेंगे। इसलिए मुझे भी अपने साथ ले चलो। पंत जी ने कहा, "तुम्हें यहीं रहना चाहिए।" मैंने कहा कि जब आवाज़ पड़ेगी तो मुलज़िम हाज़िर हो जाएगा। वे डाल-डाल तो मैं पात-पात । पंत जी चीफ मिनिस्टर थे पर उनकी इच्छा के मुताबिक पार्टी मुझे निकालने को तैयार न हुई । कुर्सी छोड़ जाने से पार्टी पर कुछ असर ज़रूर पड़ता, मैंने भी अपनी कुर्सी छोड़ दी, बड़े बेहया से पड़ गया था पाला। क्योंकि यह सब होते हुए भी मेरे मन में बाल नहीं पड़ा था, पन्त जी का पहिले की तरह अपने बड़े भाई और साथी जैसा आदर करता था। यह उन्हें भी मालूम था कि मैं उनका आदर करता हूं। मजबूरन वे हंसकर फिर कुर्सी पर बैठ गए। फिर मुकदमे की कार्यवाही शुरू हुई। श्री अलगूराय शास्त्री ने यह वेद मंत्न पढ़ा :

"मानो बधाय इत्मवे जिहीडानस्य रीरिधः ।

मा हृडानस्य मान्यवे ॥"

अर्थात मुझे मारने मत दौड़ो मैं शर्मिन्दा हूं। मुझपर क्रोध मत करो, मैं लज्जित हूं । —और कहा कि त्यागी जी का यह स्वीकार कर लेना ही पर्याप्त है कि उनसे अनुशासन भंग हो गया। बस, यहीं किस्सा बन्द कर दीजिए। वरना पंत जी को चाहिए कि सोने के थाल में घी के चिराग जलाकर कांग्रेस वालों के मुंह देखें। जिसका दामन पाक और दिल बेदाग हो और जिसने अधिक त्याग किया है उसे पकड़ लावें वह त्यागी को बाहर निकाल सकता है, हमारी तो यह हिम्मत है नहीं । मेरा जी भर आया और मैंने कहा, "आप लोगों के सिवाय मैं किसीका दोस्त नहीं, हम सब एक ही छतरी पर उतरने वाले कबूतर थे। मेरी छतरी तो छिनेगी पर आप निकाल दीजिए। मैं निकाल दिए जाने के बाद भी कहीं और तो नहीं चला जाऊंगा। कांग्रेस दफ्तर के बाहर कम्बल बिछाकर सड़क की पटड़ी को अपना घर घोषित कर दूंगा। जब आप लोग मेम्बर बनाने जाया करेंगे तो मैं आपसे 20 कदम पीछे-पीछे चलूंगा । जो भी दुकानदार मेम्बर बनने से मना करेगा, उसको समझा-बुझाकर आपके पास भेज दूंगा। पर माफी नहीं मांग सकता।"

कुछ निर्णय न हो सका। इसलिए अनुशासन-प्रस्ताव इन शब्दों में पास हो गया, "यह कमेटी त्यागी जी की तकरीर को अनुशासन के विरुद्ध मानती है।"

संकल्प की महिमा

सुलझाव की गहरी उलझटों और जटिल पेचीदगियों से जो परस्थितियां उत्पन्न होती हैं उन्हींको समस्या कहते हैं। समस्या का कोई मौलिक अस्तित्व नहीं होता। यदि समस्याओं का कोई अस्तित्व होता तो सुलझ जाने के बाद भी वे वैसी ही बनी रहतीं जैसे चाबी से खुल जाने पर ताला। हर समस्या के सुलझाने के लिए व्यक्ति-विशेष की मनबुद्धि और अनुभवों के अनुसार उसे निश्चित समय के लिए एकाग्रचित्त होना अनिवार्य है। जिस समस्या को मैं चार घंटे के ध्यानाग्रह से सुलझा सकता हूं वह महीनों में सुलझ पाती है, क्योंकि मुझे निरन्तर एक ही बात पर ध्यान जमाए रखने का अभ्यास नहीं है। आधी मिनट एक समस्या पर ध्यान करके चित्तवृत्ति दूसरी ओर चली जाती है। इस तरह से मैं अपनी समस्याओं पर बारी-बारी से किश्तों में विचार करता हूं। जैसे ही ध्यान के निश्चित घंटे पूरे होते जाते हैं समस्याएं बारी-बारी से स्वयं सुलझती जाती है।

अनुभव से पता चलता है कि समस्याओं के असली हल यों तो बुद्धि द्वारा ही मिलते हैं पर उनकी वास्तविक झलक मन-भावना (सब-कौन्शस माइण्ड) से उदय होती है। मन की कोई भाषा नहीं है नाही वह शब्द, वाक्य और व्याकरण का मोहताज है। वह तो सुपनों की तरह संकल्प-विकल्प, इच्छा-आकांक्षा, आशा-भय, ईर्ष्या-द्वेष, आदान-

प्रदान, स्नेह-संग्राम और श्रद्धा-भक्ति की धूप-छांव में खिलवाड़ करता रहता है। पर हर व्यक्ति का भविष्य इसी अर्द्धचेत मन पर निर्भर है। सचेत बुद्धि तो एक निष्काम वकील की तरह बुरा-भला और हानि-लाभ आदि का निर्णय करती है, यह काम भी अति आवश्यक है।

मनोविज्ञान के पंडितों का जो भी मत हो, अपना अनुभव तो साफ बताता है कि मन राजा और बुद्धि (कांशस) उसका मन्त्री है। मन यदि आत्मा नहीं तो उसके निकटतम अवश्य है। मैं तो यहां तक कहूंगा कि संसार में जो बड़ी से बड़ी दर्शन, कला, कवित्व और विज्ञान-सम्बन्धी खोजें होती हैं वे सभी अर्द्धचेत मन से प्रेरणा के रूप में उदय होकर सचेत बुद्धि द्वारा प्रमाणित और प्रकाशित होती हैं। इस लिए यह नितान्त आवश्यक है कि मनुष्य अपने अर्द्धचेत (मन) को भ्रमरहित बनाने का प्रयत्न करे।

मूर्खता के थैले

यदि पाठकगण थोड़े स्पष्ट चित्रण की आज्ञा दें तो मैं यह कहूंगा कि हममें से 99 प्रतिशत मूर्खता के थैले हैं, क्योंकि बचपन से हमारी यह आदत चली आई है कि जब कभी कोई विचार-कल्पना मन में आती है तो सचेत बुद्धि से पूछते हैं कि अमुक कल्पना या विचार बौद्धिक है या मौखिक। समझदारी की हुई तो कह दी और नासमझी। की हुई तो मन में दबा ली। इस तरह हमारी सारी होशियारी बाहर और मूर्खता अन्दर जमा हो रही है। यदि बेधड़क अपने सारे विचार बाहर करते रहते तो ज्ञानी जन हमारी नासमझी की बातें सुनकर उनकी शुद्धि करते रहते। इस प्रकार हमारे अर्द्धचेत मन के तहखाने में अज्ञान कम और ज्ञान अधिक हो गया। अर्द्धचेत मन के भीतर प्रकृति की छाया और संकल्प-विकल्प और आशा-भय आदि की खाद ही

उसकी उर्वरा-शक्ति है कि जिसमें प्रेरणा के अकुर उगते हैं। जैसी खाद होगी वैसी ही प्रेरणा भी होगी। इसलिए बौद्धिक विकास के लिए नितान्त आवश्यक है कि अर्द्धचेत मन को भ्रम, भ्रान्ति और रुढ़िवाद के संस्कारों से बचाए रखने का भरसक प्रयत्न किया जाए।

संकल्प-क्रिया

जीवन की कठिन से कठिन समस्या को सुलझाने और अभिलाषा और आकांक्षाओं की पूर्ति के सुझाव भी इसी उर्वरा भूमि से उपजते हैं। पर जिस समस्या का उत्तर लेना हो उससे अपने अर्द्धचेत (मन) को पूरी तरह रंग देना पड़ेगा। सारी इच्छाओं और आकांक्षाओं की पूर्ति का एकमात्र उपाय है अर्द्धचेत (मन) को अगाध रूप से अमुक मनोकामना से संस्कारित कर देना। क्योंकि सफलता के सब रास्ते इसी धुंधली गली से निकलते हैं। हम इस संस्कार-विधि को संकल्प-क्रिया कहेंगे। बार-बार अपनी रचनात्मकवृत्ति का आवाहन करके अपनी मनोकामना के रंग-बिरंगे और रोचक सुपने देखो, दिन-भर देखो और रात्रि को उन्हीं सुपनों को देखते-देखते सो जाओ। सोते समय जब नींद से मन की फाटकरूपी आंख मिचती हैं तो सचेत बुद्धि अपनी दुकान बढ़ा जाती है। केवल अन्तिम विचार की झलक ही अर्द्धचेत मन पर समाई रहती है। इस तरह से बिना परिश्रम किए घंटों तक मन का संकल्प संस्कार होता रहता है। समाधि की नियत अवधि समाप्त होते ही समस्या सुलझाने के रास्ते या तो सुपनों के रूप में या आभास द्वारा स्वतः सूझने लगते हैं। ये सब रास्ते साधारणतया सीधे और सच्चे होते हैं। इन रास्तों में पड़ते ही हमारी ध्येय-प्राप्ति की आशा गहरी होने लगती है। यह इन रास्तों की सचाई का प्रमाण है :

जाकी रही भावना जैसी।
प्रभु मूरति देखी तिन तैसी॥

मैंने अपने नाती (2 वर्ष) नानू को उसकी रज़ाई में रेल का इंजन रखकर कह दिया, "इसे अपने पास सुला लो वरना यह देहरादून चला जाएगा।" वह 'छोजा, छोजा' कहकर इंजन को थपकी देता हुआ एक मिनट में सो गया क्योंकि वह नींद का आवाहन कर रहा था इसलिए नींद आ गई। मैंने इंजन उठाकर अल्मारी में रख दिया। 10 घंटे के बाद आंख खुलते ही नानू ने रोते हुए कहा, "पापा, देख लो इंजन देहरादून चला गया।" मैंने इस बच्चे पर बहुत अनुभव किए हैं। मेरा विश्वास है कि सोते समय की भावना हमारे भविष्य को बनाती और बिगाड़ती है।

जो दिन-रात दिवालिया होने का भय करते रहते हैं उनका मन दिवालिया होने वाले सुझाव ऊपर को फेंकता है, और वह मनुष्य अवश्य ही दिवालिया हो जाएगा यह निश्चय है। बीमारी के सुपनों वाले बीमार और सफलता को चित्रित करने वाले सफल हो जाते हैं, यह मनोविज्ञान का अकाट्य नियम है। जहां यह नियम टूटता है वहां। समझ लो कि सच्ची समाधि नहीं लगी थी या मन के पुराने संस्कार इतने गहरे और विपरीत थे कि तुम्हारे मनन से वह नष्ट न हो सके। इसलिए दोनों काम साथ-साथ करने पड़ेंगे। एक ओर तो मन को बाल्य-काल के समय से तरह-तरह की इकट्ठी की हुई भ्रान्तियों से पाकसाफ करना पड़ेगा और दूसरी ओर गहरी और लम्बी संकल्प-क्रिया द्वारा मन में अपनी मनोकामना की मेंहदी रचानी पड़ेगी।

भाग्य-रचना

मनुष्य-चरित्र पर बचपन की सुनी हुई कहानियों का बहुत गहरा

प्रभाव पड़ता है। वास्तव में ये कहानियां ही हमारे मानसिक विकास, भाग्य, और चरित्र की आधारशिला हैं। क्योंकि इन कहानियों द्वारा बच्चा अपनी आकांक्षाओं का निर्माण करता है। इसलिए मेरा अनुरोध है कि भारत की भावी संतान को ऊटपटांग—चोर, उचक्कों, भूत-प्रेत, खूनी, डाकुओं की कहानियां सुनाकर हम उनके चरित्र को नष्ट न करें। और अपने भविष्य को उज्ज्वल करने के लिए भी सोते समय की अल्पावधि में निराशा की झलक न आने दें। यह याद रखने की बात है कि मन पर किसी प्रकार का भी बोझ डालना अन्याय है क्योंकि यह आपका वह सेवक है कि जो जीवन पर्यन्त आपकी निःशुल्क सेवा करता है और पल भर भी विश्राम नहीं करता। हिसाब लगाने से पता चला है कि लगभग 3360 मन भारी पत्थर की चट्टान को 1 फुट ऊंचा उठाने में जितनी शक्ति लगती है, आपका मन 24 घण्टों में उतनी ही शक्ति शरीर के रक्त प्रवाह में खर्च करता है। इस बिचारे पर तरस खाओ !

बापू का प्रायश्चित्त

बात तो बहुत छोटी-सी है पर जितनी पुरानी पड़ रही है उतनी ही बोझिल होती जाती है। कभी मेरी छाती में ही कुलबुलाकर न रह जाए, इसलिए आज मित्रों को भी 'शरीके-जिगर' किए लेता हूं।

स्वराज्य-प्राप्ति के कुछ ही महीने पहले मेरे भाग्य से एक बार गांधी जी कुछ लम्बे अरसे को विश्राम के हेतु देहरादून-मसूरी चले आए। उनको स्वास्थ्य कुछ गिर रहा था। मसूरी के बिड़ला-भवन में ठहरने की ठहरी। मैं उन दिनों उ० प्र० की विधान-सभा का सदस्य था। गांधी जी की सुनते ही मैं 15-20 स्वयंसेवकों की टुकड़ी लेकर मसूरी जा पहुंचा। बिड़ला-भवन के बिल्कुल नज़दीक एक मकान में पड़ाव डाल दिया, किसी सस्ते-से होटल में खाने का प्रबन्ध हो गया। जो भी स्वयंसेवक वहां आ गया, अपने को धन्य समझता था।

मुझे शुरू से स्वयंसेवकों के बीच सोने-उठने का शौक था। उन दिनों सिगरेट लायक तो पैसे थे नहीं, बीड़ी पीकर ही काम चलाते थे। बस, दो ही नशे करते थे—एक बापू का और दूसरा बीड़ी का। पर कभी दोनों एक साथ न कर सके। बापू को देखते ही बीड़ी इस ढंग से बुझाते कि कहीं शुबहा न हो जाए। कभी बुझाने का मौका न लगा तो हाथ जेब में डालकर अन्दर ही अन्दर पोरुओं से आग मसलनी पड़ती थी। उनकी चोरी से पीते थे पर बुझाते समय की भावना और

भक्ति इतनी अगाध और पवित्र होती थी कि जैसे दान-बलिदान के समय होती है।

बापू सुबह-शाम टहलने जाते तो सुशीला नैयर, प्यारेलाल और ब्रजकृष्ण चांदीवाला आदि सब परिवार के रूप में उनके साथ-साथ जाते, और हम ? हम रास्ते में किसी ऐसी जगह खड़े हो जाते जहां हमपर उनकी नज़र पड़ जाए तो दूर से प्रणाम कर लें। लालच रहता था कि शायद बुला भी लें। कभी-कभी बुला भी लेते थे। एक दिन बुलाया और मेरे कन्धे पर हाथ धरकर बहुत दूर चले। बस पांच मिनट ही हाथ रहा होगा कि एक लड़कीने पीछे से आकर मुझसे हाथ छीन लिया, और अपने कन्धे पर रख लिया। मैंने बापू की ओर अपील-भरी आंखों से देखा, पर वे ऐसे मुस्कराए कि जैसे कोई बात ही नहीं। मेरी दुनिया लुट गई और लड़की के हाथों। वे मुस्करा दिए। कितने कठोर थे बापू ! पर उन्हींकी हस्त-छाया में चल रहा हूं आज तक। मैंने उनसे धोखे किए, उनके जीते जी भी किए और उनके मरने पर भी कर रहा हूं, ऐसा अभागा हूं मैं महावीर त्यागी। पर उनकी हस्त-छाया वैसी ही बनी है, कैसे उदार थे बापू !

सायंकाल को प्रार्थना होती थी। पहले हैपी वैली के मैदान में आरम्भ की, पर लोगों का तकाज़ा हुआ कि शहर के बीच में होनी चाहिए। मैंने डरते-डरते आज्ञा चाही। उन्होंने स्वीकार कर लिया। फिर सिल्वरटन होटल के मैदान में प्रार्थना होने लगी। बापू का ध्यान राम में और हमारा बापू में। गरज कि सारी जनता ध्यानावस्थित होकर अमृत-वचन पान करती थी। अभी तक वह छवि आंखों में और शब्द कानों में गूंज रहे हैं। भीड़ के चारों ओर मेरे साथी स्वयंसेवक गमलों के फूलों की तरह अपनी वर्दी पहने खड़े रहते थे। कितने सीधे और सच्चे थे वे गांव के स्वयं सेवक। बेचारे

अन्ध-विश्वासी और श्रद्धालु, हर काम के लिए सैनिक की भांति तैयार। उन्होंने हमारा बहुत साथ दिया, पर मैं उनके किसी काम न आया। कैसा निकम्मा नेता हूं मैं ?

एक दिन मेरे एक मित्र ने, जो मुझसे कुछ ईर्ष्या करते थे (क्योंकि मैं गांधीजी का मुंहलगा सेवक था और वे अपरिचित भगत), गांधीजी के कान भर दिए कि मेरे स्वयंसेवक मसूरी के कुलियों को प्रार्थना में आने से रोकते हैं, क्योंकि उनके कपड़े गन्दे होते हैं। गांधीजी को यह सुनकर बड़ी चोट लगी। आव देखा न ताव उन्होंने खटाक से अपने प्रवचन में कह दिया—"स्वयंसेवकों ने कुलियों को प्रार्थना में आने से रोक दिया, क्योंकि उनके कपड़े मैले हैं।" आदि आदि। मेरे स्वयंसेवकों को सब-कुछ कह डाला। वे बेचारे खड़े के खड़े रह गए, काटो तो खून नहीं। सूरजमुखी फूल की तरह सबका चेहरा निढाल। इधर मैं जल के राख हो गया। मुंहफट तो था ही, प्रार्थना खत्म होते ही गांधीजी को ऊंची-नीची सुनानी शुरू कर दी :

"राम के मन्दिर में बैठकर आपने झूठ क्यों बोला ? अगर पूछताछ करने से पता चला कि एक भी कुली को नहीं रोका गया तो ? मेरे स्वयंसेवकों का मुंह काला कर दिया। बेचारे बाज़ार में निकलने लायक भी नहीं रहे। आपको उस खुले झूठ का यकीन कैसे आया ? और इस झूठे प्रवचन से लाभ क्या हुआ ? मेरी बरसों की कमाई पर पानी फेर दिया।"

मैं जितनी-जितनी बदतमीज़ी करता गया वे उतना ही हंसते गए। कितने निष्ठुर थे बापू !

बिड़ला-भवन पहुंचते ही बापू ने श्री ब्रजकृष्ण चांदीवाला और श्री प्यारेलाल को आज्ञा दी कि वे कुलियों के विश्रामगृहों पर जा-

जाकर इसकी पड़ताल करें और कल की प्रार्थना से पहले रिपोर्ट दें। यह कमीशन दिन-भर मसूरी घूमा, पर एक भी कुली ऐसा न मिला कि जिसे प्रार्थना में आने से रोका गया हो। उनका कहना था कि, "इस प्रार्थना के कारण डांडी-रिक्षा की मांग इतनी बढ़ गई है कि हमारी फसल कट रही है। अपनी कमाई छोड़कर हम प्रार्थना में कैसे जाएं।" कमीशन ने सच्ची रिपोर्ट बापू को दे दी।

अभी मुझे इसकी भनक न पड़ी थी। मैं तो गांधी जी से रूठा हुआ था, अगले दिन भी रूठा रहा, कैसा अभागा हूं मैं (आज मुझे उस दिन की बात याद करके रोना आता है, क्योंकि अब बापू मुझसे रूठ गए हैं)। उस दिन प्रार्थना में भी मैं अनमना-सा दूर जाकर खड़ा हो गया। प्रार्थना समाप्त होते ही गांधी जी का प्रवचन आरम्भ हुआ। मुझपर बिजली गिर पड़ी। कल तो ज़िन्दा भी था आज काटो तो खून नहीं, लेने के देने पड़ गए। बापू ने कहा, "आज तो मैं प्रायश्चित्त करना चाहता हूं।" सारी जनता घबड़ा उठी कहीं बापू उपवास न कर बैठें। बापू बोले—"आज त्यागी जी तो मुझसे नराज हो गया, इसीलिए वह दूर जाकर खड़ा हो गया, वह मुझे केता कि तू झूंठा है, तूने राम के मन्दिर में बैठकर झूंठ क्यों बोला? (मैंने बापू को कभी 'तू' नहीं कहा था, मुझे डर हुआ कि मेरे ज़िले के सब लोग थू-थू करेंगे कि मैं गांधी जी को तू कहकर बुलाता हूं)। मुझे एक व्यक्ति ने आकर खबर दी कि कुलियों को प्रार्थना में आने से रोका जाता है, मैंने उसकी बात का भरोसा कर लिया और कल आपके सामने कह भी दिया। फिर तहकीकात से तो वह बात गलत निकली। तो फिर त्यागी जी ठीक केता है ना ? मैंने तो राम के मन्दिर में बैठकर झूंठ बोल दिया। इसका तो मुझे प्रायश्चित्त करना होगा। और मैं तो आखिर महात्मा ठहरा न? तुम सब तो महात्मा भी नहीं हो। जब मैं ऐसा पाप कर सकता,

तब तुम सब भी जरूर ऐसा पाप करते होगे, भला ? फिर तो सबको अपना पाप धोना है। आओ, और हम सब मिलकर प्रायश्चित्त करें। प्रायश्चित्त तो यही है। ना कि भविष्य में पाप ना हो। तो फिर सब भाई-बेन अपनी आंख मींचकर राम का ध्यान करो, और प्रतिज्ञा करो कि जब किसीकी बुराई आंख में पड़े तो अपनी आंख बन्द करना, और कान में पड़े तो कान बन्द करना। और फिर भी अगर किसीकी बुराई तुम्हारे भीतर आ जाए तो फिर मंह बन्द करना, भला। ऐसा करने से पाप से बच सकते। तो फिर, मैंने तो प्रण कर लिया, तुम भी करो। किसीकी बुराई और बदनामी की बात बिना छानबीन किए मुंह से नईं निकालना।"

प्रार्थना बन्द होते ही मैंने नज़दीक जाकर बापू को प्रणाम किया तो बोले :

"अपने पापी को क्षमा कर दिया ?"

मैं रो पड़ा। आज मैं बापू से पूछता हूं कि आपने अपने पापी का क्या किया ? वह तो क्षमा के योग्य भी नहीं है। आगे क्या लिखूं ? उन्होंने मेरे कन्धे पर हाथ धर दिया। अब तो रोता देखकर लोग कन्नी काटकर इधर-उधर खिसक जाते हैं। सबको अपने-अपने गम हैं, कोई फिर दूसरों के गम को अपने ऊपर क्यों ओढ़ें ?

“राजा जो०”

फैज़ाबाद जेल का किस्सा है कि एक दिन श्री केशवदेव मालवीय, जो आजकल केन्द्रीय सरकार में मंत्री हैं, बहुत परेशान और फीका-सा मुंह लिए हमारी बैरक में आए। हम बाहर के चक्कर में, फाटक के नज़दीक वाली बैरक में रहते थे। हम ने 'बी' क्लास का दर्जा स्वयं त्याग दिया था, इसलिए अन्दर के चक्कर (चारदीवारी) में जो राजनैतिक कैदी रहते थे हमें उनसे अलग बाहर के चक्कर में ला रक्खा था। हमारी बैरक वालों को 300 गज़ मूंज के बान बंटने की 'मशक्कत' दी गई थी। 2 या 3 फिट बान बंट दिया करते थे ताकि यदि सज़ा भी मिले तो काम कम करने को मिले, जेल-कानून भंग करने की ना मिले। बाकी समय पढ़ने-लिखने में लगाते थे। दोपहर का वक्त था और जेल के सुपरिण्टेण्डेण्ट साहब कैदियों की परेड देखने को अपने दफ्तर से निकल चुके थे। सामने दो सिपाही खुली संगीन लिए, और पीछे एक कैदी छतर लिए, और दूसरा चंवर, तीसरा पंखा डोलाता चलता था। उनके साथ कई बन्दूकची सिपाही, जेलर, जेल-डाक्टर और बहुत-से कर्मचारी ज़ुलूस बनाकर दूल्हे की चाल चलते थे। जिस समय केशव जी हमारी बैरक में आए, सुपरिटेण्डेण्ट भंडारे (किचन) का निरीक्षण कर रहे थे। वहां से हमारी बैरक में ही आने का

नम्बर था। कायदा यह था कि बैरक में के दरवाज़े पर आते ही एक सीटी बजाई जाती थी कि जिस को सुनते ही हम लोगों को अपनी-अपनी कब्र (सोने की चबूतरी) के दाहिनी तरफ दोनों हाथों में अपना टिकट (अमालनामा) संभालकर खड़ा होना पड़ता था। अपना मूंज का फट्टा, लोहे का तसला, तसली (कटोरी) और कुर्ता-जांघिया, साफी और कम्बल की तह करके कब्र पर सजाने पड़ते थे। कभी गलतफहमी न हो जाए, यह लिखना ज़रूरी है कि हमें दो जोड़ी कपड़े मिलते थे।

केशव जी मेरे पास उत्तेजित रूप और कुछ 'झेंपीदा' चेहरा लेकर आए और बोले, "त्यागी, हमारा बदला लिवा दो।" मैंने इन्हें अपनी कब्र पर बिठाया। और मेरे पड़ौस में एटा ज़िले के श्री नियाज़ अहमद ज़ुबैरी की कब्र थी। वे भी हमारी तरह एक पहुंचे हुए फकीर समझे जाते थे, केशव जी की बात को गौर से सुनने लगे। केशवदेव मालवीय ने बताया कि आज सुपरिण्टेण्डेण्ट ने हमारा बहुत बुरी तरह अपमान किया है। किस्सा यह था कि लखनऊ के श्री खन्ना जी ने जोकि 'बी' क्लास के कैदियों की तरफ़ से उनके भंडार की देखभाल करते थे, सुपरिटेण्डेण्ट से प्रार्थना की कि हम लोगों में से जब किसीकी तबियत ख़राब हो जाती है तो उसके लिए खिचड़ी आदि बनाने के लिए एक छोटी-सी पीतल की बटलोई भिजवा दो तो बड़ी कृपा होगी। सुपरिटेण्डेण्ट बहुत झल्लाकर खन्ना जी को डांटने लगा कि तुमने बीमार का खाना इस भंडारे में किसके हुक्म से बनवाया। ख़बरदार यदि आइन्दा से ऐसा किया तो। केशव जी से यह सहा न गया। बोल उठे कि, "इसमें क्या बुराई है, कभी खिचड़ी आदि बना देने से कोई कानून थोड़े ही भंग होता है।"

सुपरिटेण्डेण्ट ने झल्लाकर अंग्रेज़ी में उत्तर दिया, "आप

शिष्टाचार नहीं जानते कि बिना बुलाए दूसरे आदमियों की बात में दख़ल देते हो, चुप रहो और अपना काम देखो।" केशव चुप हो गए, मेरी तरह से मुंहफट होते तो फौरन उधार उतार देते। यह बेचारे तो एम०एस०सी० थे न ? (एम०—मुंह, एस०—सिकोड़, सी०—चले)। आए हमारे पास, "बदला लिवा दो।" जुबैरी को बहुत गुस्सा लगा। उन्होंने केशव जी को तो वापिस भेज दिया और बोले, "हम लिवाएंगे बदला तुम्हारा।" फिर खड़े होकर ज़ोर से तमाम बैरक वालों को ललकार दिया कि "सब लोग अपना-अपना लोहे का तसला उठाकर बैरक से बाहर चले आओ, मालवीय जी का बदला लेना है, और जैसा-जैसा मैं कहूं या करूं तुम सब लोग भी वैसा ही कहना-करना।" हम लोगों में केवल एक ही बात पर झगड़ा हुआ करता था। वह यह कि किसको लीडर माना जाए।

सब ही लीडरी का दम भरते। मैंने यह फैसला दे रक्खा था कि हर' अवसर पर जो पहिले खड़ा होकर पथ प्रदर्शन कर दे उसीको तात्कालिक लीडर मान लिया जाए, फिर चाहे वह रास्ता गलत बताए या सही। और जेल को झूठ-सच, पाप-पुण्य, और उचित-अनुचित के धन्धों से परे घोषित कर दिया था। हम इस बैरक में करीब 15 थे, सब बैरक से बाहर निकल आए। सुपरिटेण्डेण्ट का जुलूस बैरक के सामने आया, उन्होंने हमें बाहर खड़ा पाया। एक आंख से देखा और दूसरी से अनदेखा करके अकड़े हुए-से सैनिक डग भरते हुए बैरक में चले गए। और उनके साथ उनके सिपाही-प्यादे भी अन्दर घुस गए। दोनों तरफ गर्दन घुमाते हुए उसी शान से चले जैसे कि कैदियों का निरीक्षण कर रहे हों, पर जा रहे थे खाली कब्रिस्तान में। हम सब तो नियाज अहमद के भूत बने बाहर खड़े थे, बूढ़े और बड़े कब्रिस्तान में सब बराबर माने जाते हैं।

जब आखिरी सिपाही बैरक में घुस गया तो जुबैरी साहब ने अपने तसले पर तबले की टेक लगाकर ज़ोर से गाना शुरू किया, "राजा जो ब न ब र स न लागे, राजा जो० ।" और अन्तिम "जो०" पर ज़ोर से दाहिना पैर भी पीट दिया। फिर हम सबने बिल्कुल इसी तरह गाना गाकर तसले और तलवों की ताल लगा दी । इस बीच में सुपरिटेण्डेण्ट ने अपना मुंह हमारी ओर को मोड़ लिया और हमने देखा कि उनके चेहरे की हवाइयां उड़ गई थीं। केशव जी लाल मुद्रा लेकर लौटे थे, साहिब बहादुर का रंग सफेद पड़ गया। जैसे ही उन्होंने हमारी तरफ को मुंह किया, जुबैरी ने जल्दीजल्दी चलन्त की तान लगानी और बजानी शुरू कर दी और साथ ही साहिब की आंखों में अखें डालकर गर्दन भी हिलानी शुरू कर दी। बचपन के मज़े जवानी में आ गए । जुबैरी के चुप होते ही हम 15, 16 आदमियों ने उसी तेज़ी के साथ अपनी गर्दन हिला-हिलाकर "राजा जोबन बरसन लागे, राजा जो०" कहना शुरू कर दिया और तसलों की तेज़ चलन्त गत बजा दी। हममें से कइयों के लम्बी डाढ़ी भी थी, पर हम ऐसे नाचे कि मानो बिना लंगोटी के तीन वर्ष के बच्चे नाच रहे हों। हमें ऐसा लग रहा था कि मानो इस मूर्खता के द्वारा स्वराज्य-सुख भोग रहे हैं। अब मिनिस्ट्री की कुर्सी से यह सब अशिष्टता और बद्तमीज़ी की बात दिखाई देती है। कुछ भी हो, मज़ा आ गया। हमने "राजा जो०" कहकर तान तोड़ी ही थी कि साहिब बहादुर ने तड़ककर पूछा, "यह क्या तमाशा है ?"जुबैरी ने जवाब दिया, "आपको मैनर्स नहीं आते, हम आपस में गा रहे हैं, बिना हमारी आज्ञा लिए आप हमारे बीच में क्यों आते हैं ?" और फिर गर्दन हिलाकर गाना शुरू कर दिया, "राजा जोबन बरसन लागे, राजा जो०"। साहिब बहादुर ने हुक्म दिया कि नियाज़ और

मैं पेशी पर हाज़िर किए। जाएं। कैदी तो थे ही, फिर अभियुक्त बनकर साहिब की पेशी पर भेज दिए गए। हमको पेशी का हुक्म देकर साहिब बहादुर 'बी' क्लास वालों की परेड देखने चले गए, हम लोगों ने गांधी जी की जय और इन्कलाब ज़िन्दाबाद के नारे लगाने शुरू कर दिए। चक्कर में जो 15 के लगभग राजनैतिक कैदी थे उन्हें फिक्र पड़ी कि क्या हुआ। कुछ कैदी नम्बरदारों ने जो कि अन्दर-बाहर आ-जा सकते थे, हमारे साथियों को बता दिया कि "त्यागी जी वाली बैरक ने साहिब बहादुर को "राजा जो०" चिल्ला दिया और जुबैरी साहिब और त्यागी को पेशी का हुक्म हुआ।" वे बेचारे "राजा जो०" का तो कोई अर्थ न समझ सके पर नियमानुसार उन्होंने भी साहिब बहादुर के चक्कर में घुसते ही "राजा जो०" के नारे लगा दिए। जिस बैरक में जावें, "राजा जो०" आखिर तंग आकर दफ्तर में लौट आए। हमें पेशी पर बुला ही रक्खा था, उन्होंने पूछा कि "आप लोगों को क्यों न सज़ा दी जाए, आपने जेल का अनुशासन भंग किया है और आपकी देखा-देखी सारी जेल ने किया है।" हमने उत्तर दिया कि यह तो आपके स्वागत का नारा है, आपको 'राजा' की पदवी दे दी और क्या सम्मान चाहते हैं। आप यहां पर सर्वप्रिय हैं इसका परिचय देने के लिए "राजा जो०" के नारे लगे हैं। "अच्छा, ऐसा है तो अब बन्द करा दीजिए।" नियाज़ अहमद ने कहा, "यह काम तो श्री केशव देव मालवीय ही करा सकते हैं, क्योंकि आज हम सब उन्हींके कहने में हैं।" साहिब रहस्य को समझ गए और उन्होंने श्री मालवीय जी को बुलाकर अपने व्यवहार पर शोक प्रकट कर दिया। मालवीय जी ने हर बैरक में जाकर आज्ञा दे दी कि "राजा जो०" का आन्दोलन वापिस ले लिया जाए। सुपरिण्टेण्डेण्ट फिर

से परेड को निकले और शान्तिपूर्वक दफ्तर लौट आए। हमको भी सज़ा न मिली बल्कि उस दिन से जेल के जमादारों की तलाशी होनी कम हो गई और बीड़ी के बंडल का भाव, जो टाटा के शेयर की तरह रोज़ नया खुलता था, उस दिन 6 आने से फिर 6 पैसे पर आ गया और खुले आम बीड़ी पीनी प्रारम्भ हो गई।

सामूहिक व्यक्ति

आजकल कांग्रेस का संगठन मज़बूत करने की बहुत चर्चा है। नेतागण बड़ी आसानी से कह देते हैं कि आपस में मेल बनाकर रचनात्मक कार्य में जुट जाओ। मेरी राय में यह सब व्यर्थ की बात है। भला प्रस्तावों द्वारा आज तक कभी भी आपस में मेल हुआ है ? क्या मेल और मैत्री पर मनुष्य का ऐसा अधिकार है कि जैसे उसको अपनी ज़बान या कलम पर है कि मन चाहा बक दिया, चाहे जब लिख दिया और काट दिया ? मैं बहुत पढ़ा-लिखा नहीं , पर मेरा अनुभव मुझे कहता है कि मनुष्य को व्यक्तिगत रूप से अपने चलन पर पूरा अधिकार प्राप्त नहीं है। हज़ारों व्यक्तियों को किसी एक मार्ग पर चलाने के लिए विशेष प्रकार का वातावरण बनाने की आवश्यकता होगी। सहयोग जन-समूह का स्वाभाविक लक्षण है, इसलिए कांग्रेसजनों में मेल और सहयोग की भावना जाग्रत् करने के लिए हमें केवल उपयुक्त वातावरण बनाने का प्रयत्न करना पड़ेगा। उस वातावरण के अन्तर्गत हममें स्वभावतः मेल हो जाएगा।

यह भी समझ लीजिए कि मनोविज्ञान के अनुसार यह ख्याल बिल्कुल गलत है कि व्यक्तिगत रूप से हम लोग जान-बूझकर झगड़ा या मेल करते हैं। यदि आप पूरी छानबीन करें तो यह सिद्ध हो सकता है कि आपमें से कोई भी अपने विचारों का स्वतंत्र नहीं

है। जो लोग अपने को स्वतंत्र मानते हैं, उन्हें भी आन्तरिक दिग्दर्शन करने पर यह मानना पड़ेगा कि वे 16 आने स्वतंत्र नहीं हैं। अव्वल तो जिन्हें हम अपने विचार कहते हैं उनमें लेशमात्र भी हमारा योग नहीं है। उनके सब विचार और सारी बुद्धिमत्ता तथा ज्ञान या तो दूसरों से मांगी हुई, चुराई हुई या उधार ली हुई सम्पत्ति है। विचार, व्यवहार या चलन की स्वतंत्रता तो सिवाय पागल के इस दुनिया में किसी दूसरे मनुष्य को प्राप्त नहीं है। हमारे व्यक्तिगत चलन को संचालित करने वाली एक शक्ति है जिसे 'सामूहिक व्यक्ति' कह सकते हैं। इस 'सामूहिक व्यक्ति' के व्यवहार और चलन हमसे भिन्न हैं। 'सामूहिक व्यक्ति' की सभ्यता और नैतिक स्तर भी हमसे भिन्न है। मोटी मिसाल के तौर पर आप किसी फुटबाल के मैच का ध्यान करें कि जहां हज़ारों की भीड़ जमा हो। उस भीड़ का नैतिक शास्त्र आप लोगों के नैतिक शास्त्र से बिल्कुल भिन्न है। फुटबाल के मैच में तो गम्भीर से गम्भीर व्यक्ति भी अपनी टोपी उछाल सकता है और शोर मचा सकता है, "गो आन्, वेल प्लेड" वगैरह चिल्ला सकता है। वहां तो केन्द्रीय सरकार का मिनिस्टर भी अपनी कुर्सी पर खड़ा होकर चिल्ला सकता है हथेली बजा सकता है, तरह-तरह की आवाज़ें कर सकता है, बिना इस डर के कि लोग उसकी खिल्ली उड़ा देंगे। लेकिन अगर वही मिनिस्टर किसी सड़क पर अकेला कुर्सी बिछाकर खड़ा हो जाए और गो आन्, "गो आन्" करने लगे तो लोग समझेंगे कि पागल है। मेरा तात्पर्य यह है कि जब हम सब मिलकर एक समूह बनाते हैं तो तुरन्त ही हमारे चलन के ढंग और नियम बिल्कुल बदल जाते हैं, व्यक्तियों के ढंग से। और बिना किसी परिश्रम या आश्चर्य के हमारा चलना-फिरना, हंसना-बोलना एकदम बदल जाता है और

हम उस सामूहिक अन्तःकरण के गुलाम बन जाते हैं। और चूंकि हमारे इस तरह के व्यवहार में हमें मज़ा आता है, इसलिए हमको भ्रान्ति हो जाती है कि हम जान-बूझकर अटपटी बातें कर रहे हैं। इसलिए आप मानें कि व्यक्तिगत जीवन सामूहिक जीवन से पृथक् है। सामूहिक जीवन में व्यक्तिगत जीवन का समावेश तो है, परन्तु उसका हिसाब जमाखर्च के अनुपात से नहीं बनता। उसमें व्यक्तियों का समावेश तो है। पर ऐसा मत समझो कि 'सामूहिक व्यक्ति' में सब अच्छे-बुरे, पढ़े-बैपढे, नेक और बद आदमियों का सत जोड़कर औसत निकल जाती है। जमा-खर्च के हिसाब से जो औसत निकलेगी उससे कहीं अधिक दूर की छटाएं 'सामूहिक व्यक्ति' में मिलेंगी। यह 'व्यक्ति' भावनाप्रधान, उदारता की पराकाष्ठा, महावीर, त्यागी, दयालु और साथ ही पैशाचिक वृत्तियों बाला होता है। दलीलों से इतनी दूर कि वकील भी इसके प्रभाव में आकर भावात्मक हो जाते हैं। श्रद्धा और विश्वास इस व्यक्ति की जान हैं। और भय और आशा के सांस भरता हुआ यह व्यक्ति हम सबों पर अपना जादू किए रहता है। वैसे इस 'व्यक्ति' का स्वभाव बालकों जैसा, खेलकूद, हंसी-ठट्टा और दिल्लगी वाला होता है। जितना ही यह व्यक्ति हमपर अपना आधिपत्य जमाए रहता है, उतना ही यह हमारे इशारों पर चलता है। पर केवल उन इशारों पर कि जो मौके पर दिए जाएं और इशारा करने वाला व्यक्ति सर्वसाधारण से ज़रा ऊंचा हो। 'सामूहिक व्यक्ति' का शासन जिस 'कोड' के अनुसार होता है उसकी धाराओं का उल्लंघन सिवाय पागल के दूसरा नहीं कर सकता। हम कैसे कपड़े पहने, भाई-बहिन का सम्बन्ध कैसा हो, दोनों पैरों में एक-से जूते हों, और बाज़ार में नंगे च घूमें, इस प्रकार की छोटी-छोटी बातों पर भी

'सामूहिक व्यक्ति' का अधिपत्य है। यह सब वातावरण का खेल है। जैसी आबहवा होगी वैसा ही व्यक्तियों का चलन होगा।

आजकल भारत का वातावरण राजनीति-प्रधान है। एक ज़माना था जब धार्मिक मेले, कथाओं और धर्म की चर्चाओं का ज़ोर था। इन दिनों इस दिशा में लोगों की दिलचस्पी फीकी पड़ गई है। कभी साइंस और कभी साहित्य की ही चर्चा ज़ोर पकड़ जाती है। त्याग के दिन आते हैं तो कभी भोग की प्रवृत्ति हो जाती है।

हमारे ज़माने में गांधी जी ने एक अजीब युग त्याग और तपस्या का उत्पन्न कर दिया था कि जिसके अन्तर्गत लाखों आदमी अपनी जान और माल को खतरे में डालकर देश-सेवा के कार्य को महत्त्व देते थे, जेलखाने जाते थे और पुलिस की लाठी-डंडे खाने में गौरव समझते थे। पंडित गोविन्द वल्लभ पन्त और श्री जवाहरलाल नेहरू को लखनऊ की पुलिस के घुड़सवारों ने साइमन कमीशन के बायकाट के समय इतने डंडे मारे कि उम्र-भर याद रक्खेंगे। श्री जवाहरलाल की कमर के नील और दाफड़ के निशानों के फोटो अखबारों में छपे थे। उन दिनों यही रिवाज था। सन् 1921 में मुझे भी भरी अदालत में थप्पड़ों से पिटवाया गया था। पर अब यह रिवाज बन्द हो गया है। उन दिनों थप्पड़ों में भी मान था।

इसलिए मेरी धारणा है कि हमको कोई तरीका निकालना चाहिए कि जिससे वातावरण ऐसा बन जाए कि कांग्रेस पार्टी की आन्तरिक फूट दूर हो जाए और आपस में मिलकर देश-सेवा करने का फैशन बन जाए। आज जो मतभेद नज़र आते हैं उनका असली कारण क्या है ? पुराने ज़माने में हम सब जो मिलकर आन्दोलन करते थे या रचनात्मक कार्य करते थे तो उन कामों में किसीकी भी स्वार्थ-भावना नहीं थी, सब काम सामूहिक था, स्वराज्य प्राप्ति के लिए। जैसे छप्पर

उठाते समय जो भी हाथ लगा दे, सब लोग मिलकर उसका आदर और स्वागत करते हैं, कोई भी ईर्ष्या नहीं करता। जब तक गांधी जी ज़िन्दा थे, वे हमारे सामने कोई न कोई ऐसा कार्य रख देते थे कि जो सार्वजनिक हित का हो। जब-जब हम सार्वजनिक हित का कार्य करेंगे, हममें निश्चय ही आपसी मेल, मोहब्बत और सहयोग की भावना बढ़ेगी, क्योंकि वातावरण ही इस प्रकार का होगा। हमारी आपस की फूट का मूल कारण है सार्वजनिक आन्दोलन की कमी। आजकल जो व्यक्ति परोपकार का कार्य करते हैं उनके अलग-अलग कार्य-क्षेत्र बन जाते हैं और एक के क्षेत्र में दूसरे के प्रभाव पड़ जाने से कार्य में बाधा पड़ती है। इसलिए सार्वजनिक कार्य करने वालों में भी अपने-अपने क्षेत्र के लिए मोह उत्पन्न हो जाता है और वही झगड़े का कारण है। हमको यह स्वीकार कर लेना चाहिए कि स्वराज्य होने के बाद कांग्रेस के नेतागण और हम सब मिलकर इस बात में असफल हो गए हैं कि हम कांग्रेस कार्यकर्ताओं के लिए कोई ठोस कार्य 1-2-3 करके बता सकें। केवल यह उपदेश देना कि "रचनात्मक कार्य करो," इससे काम नहीं चलेगा। कोई ऐसा काम निकालो कि जिसमें हम सब लोग जुट सकें तो फिर उपदेश और प्रस्तावों के बिना ही दलबन्दी बन्द हो जाएगी।

सिंहावलोकन

किसी अथक और अलौकिक रागिनी के चढ़ते हुए स्वरों पर मन्त्रमुग्ध होकर नाचने वाले हम कांग्रेसी मतवाले, जिन्होंने लगभग 30 वर्षों से निरन्तर अपने हृदयों की धड़कन इस महानृत्य की थिरक ताल से बांध रखी थी, और जो अपनी और अपने बाल-बच्चों की सुधि बिसराए दिन-रात उसी अनन्त राग में निमग्न थे, जो तमाम सांसारिक शक्तियों की अवहेलना करते हुए इठलाती-ठुकराती चाल से रागविलास बने इतराते फिरते थे, आज वीणा के टूटे-ढीले तारों की तरह उखड़े-उल-से पड़े हैं।

यह क्या हुआ ? स्वर टूट गया। अभी सिर में घूम रहे हैं वे स्वर, पर हम उन्हें पकड़ नहीं पाते । उतरी हुई मृदंग की तरह झोझरे बने अधमरे-से पड़े हैं। अब न वह पहली-सी मस्ती है और न वह नशा, खाली खुमार बाकी है। जैसे दीपशिखा के बुझते ही पतंगों की महफ़िल बिखर जाए, या सूर्य के लोप होने से सारे ग्रह अपनी चाल भूल, नष्ट-भ्रष्ट हो जाएं, या चुम्बक-शक्ति न रहने से पृथ्वी का कण-कण उससे छूटकर हवा में उड़ जाए, ठीक इसी भांति हमारी महफ़िलें बहकी पड़ी हैं। जैसे बिना स्वर के राग, वैसे ही बिना बापू के कांग्रेस ।

आशा थी कि जवाहरलाल नेहरू को वे स्वर याद हों, शायद वे फिर से उस सोए हुए राग को जगा दें। बोल तो याद हैं उन्हें भी,

हमें भी, पर अलाप भूल गए, या यों कहिए कि वह राग ही रूठ गया। जवाहरलाल की गुलाबी तबियत मचलती भी है तो प्यानो पर। भला वीणा-बांसुरी के स्वर प्यानो पर उतरें तो कैसे उतरें ? उच्च वर्ग के स्वर और नीच वर्ग की सवारी। और फिर हमारी राग-रागिनी तो वर्ण-व्यवस्था की अनुयायी ठहरी, वह अनमेल विवाह को क्या जाने।

पिछले चालीस वर्षों में हमने क्या-क्या किया, यह भी पूरी तरह याद नहीं। याद कैसे हो ? कुछ जान-बूझकर थोड़े ही किया ? किसी नशे की मस्ती में किया था। और फिर ऐसे रत होकर किया था कि 'कर्ता-कर्म' का विवेक ही नहीं हो सकता। अब वे काम याद कैसे आएं। हां, सिंहावलोकन से यह याद पड़ता है कि अपनी बुद्धि तथा शक्ति से बाहर के काम किए और उन कामों को कठिनाइयों के बावजूद हंसते-खेलते कर डाला। हमारे अधिकांश कांग्रेसी साथियों को सन्तोष है कि उनके परिश्रम सफल हुए। भारत की स्वाधीनता पर उन्हें गौरव है। हमें यह सन्तोष भी नसीब नहीं हुमा, क्योंकि हमने जो कुछ भी किया,वह स्वराज्य के निमित्त नहीं, अपितु अपने तात्कालिक आनन्द के लिए, तुलसी के शब्दों में, 'स्वान्तः सुखाय' किया। हम तो अपने कामों का मूल्य हाथ के हाथ पग-पग पर चुकाते गए। लिप्त होकर कार्य करने का सारा मूल्य लिप्त होने में है, फिर चाहे कार्य सफल हो अथवा असफल, कुत्ता कोई इसलिए थोड़े ही भौंकता है कि उसके भौंकने से चोर भाग जाएगा। चोर भागे या न भागे, वह तो इसलिए भौंकता है कि उसे इस भौंकने में मालिक की वफ़ादारी का वहीं मज़ा आता है जो कि काम में लिप्त रहने में है। हमारा भी कुत्ते जैसा ही हिसाब रहा।

जितनी देर कार्य किया, उतनी देर मज़ा लूट कर दाम चुका लिए। हम अपने स्वराज-सुख को किश्तों में वसूल करते रहे, इसलिए स्वराब मिलते समय हम रीते हाथ अपने 'रैन बसेरे' में जा बैठे। हमारा मन दुनिया वालों की तरह अधिक प्रफुल्लित न हुआ। आया होगा जिनके लिए यह स्वराज......

जगमगाती दीवाली बनकर आया,
हमारा तो दीवाला निकल गया।

सच बात तो यह हैं कि स्वराज के होने से हम अधिकांश कांग्रेस-वाले बेरोज़गार और निठल्ले हो गए। अब आनन्द रूपी मज़दूरी मिलती नहीं। कोई सखी का बन्दा मदद लगावे तो हम भी काम में लग जावें। जिस मालिक ने हमें पाला था वह मर गया, उसीकी चुटको पर कान खड़े करते और उसीकी सीटी पर कूदते-फांदते और शिकार करते थे, उसीकी मुस्कराहट पर लट्टू बने घूमते थे। अब हमारे गले का पट्टा निकल गया और लावारिस बने इधर-उधर पूंछ हिलाते फिर रहे हैं। अब कोई चुटकी बजाता नहीं और न कोई सुसकारता है

गिन-गिनकर हर नेता का दरवाज़ा खटखटा चुके कि कोई मदद लगावे तो हम भी काम में लग जावें, पर नेताओं के पास पद और उपाधि तो बहुत हैं, वजीफे, ओहदे, परमिट और लाइसेंस आदि भी बहुत हैं, चाय के प्याले भी हैं, पर काम नहीं है।

जब अंग्रेज़ था, हमें आए दिन कुछ न कुछ काम मिल जाता था। और कुछ न हुआ तो प्रभात-फेरी ही निकाल ली। कहीं दस आदमी दीखे, उन्हें अखबार की खबरें ही पढ़ सुनाईं। लोग दूर से देखते तो आवभगत करते, पान-सिगरेट की बातें करते, अपने पास बिठाते और कहते, "क्यों जी, गांधी महात्मा आजकल कहां हैं? वे

क्या कर रहे हैं ? आपको तो वे खूब पहचानते होंगे।'' हम खूब बढ़-बढ़कर बात करते और गांधी जी की बात बताते-बताते थकते नहीं। लेक्चर भी हम इसलिए थोड़े ही देते थे कि हम जनसाधारण से कुछ अधिक जानते थे, बल्कि इसलिए कि हमें इसमें भी वही मज़ा आता था जोकि कुत्ते को भौंकने में और शोर मचाने में आता है। पर अब तो वे सारी बातें स्वप्न हो गईं। अब हमें सचमुच अंग्रेज़ों की याद आने लगी। वह हमसे लड़ता था, लाठी चार्ज करता था, हथकड़ी डालता था और जेल भेजता था। पर जब जेल से छूटकर आते तो बड़े शौक से हाथ मिला लेता था। उसके रहते-रहते हमने 29 वर्ष पूर्ण स्वराज और स्वच्छन्दता का मज़ा लूटा। उसके चले जाने से जैसे बैरे-खानसामे बेरोज़गार हो गए, वैसे ही कांग्रेस कार्यकर्ता भी बेकार हो गए। उन दिनों केवल अंग्रेज़ ही हम कार्यकर्ताओं का रोब न मानता था, बल्कि उसके रहते-रहते कांग्रेसी नेता भी हमारी कद्र करते थे। अब नेतागण हमसे दूर और सरकारी अफसरों के नज़दीक हो गए।

नेताओं से बातचीत करने की तो बात ही क्या, अब तो उनके दर्शन भी बिना अफसरों की आज्ञा के नहीं हो सकते। हमने भी अपने ज़माने में वालंटियर बनकर बहुत-से लोगों को नेतागण के दर्शनों से रोका था। उन्हीं पिछले कर्मों का फल आज भोग रहे हैं। खैर, अब तो हमारी गिनती 'ग़ैर ज़िम्मेदार' और 'भ्रष्टाचारियों' में है। जिसे प्राइवेट सेक्रेटरी कह दें ठीक, बही 'ठीक' है।

पुलिस वाला भी दिन में कुछ घंटों के लिए वर्दी-पेटी उतारकर अपने भाई-बन्धुओं में हुक्का जा पीता है, पर हमारे नेतागण मिनिस्टरी के दलदल में ऐसे फंस गए हैं कि उन बेचारों को सचमुच दम भारने तक का अवकाश नहीं है। उनकी दयनीय दशा को देख

हमें भी उनसे दो मिनट लेते हुए अपने पर ऐसी ग्लानि होती है कि जैसे किसी थके-मांदे मुसाफिर को सोते से जगाने में...हम उनके पास नहीं जाते।

कांग्रेस के सारे के सारे नेता मिनिस्टर हो गए। या तो बड़े-बड़े नेता सब ही मिनिस्ट्री से बाहर रहते या कम से कम आधे तो जनता के बीच में रहते। अब तो हम जैसे छुटभैये भी या तो वज़ीर या एम० एल०ए० या एम०सी०ए० बने हुए हैं। जनता को हमने उसके हाल पर छोड़ दिया। अध्यापक पाठशाला को छोड़ आया तो जिसके मन में आया वही अध्यापक बनकर जनता को उल्टा-सीधा पाठ पढ़ाने लगा। इस तरह से जनता पर हमारा प्रभाव हट रहा है और हमारे विरोधी दलों का बढ़ रहा है। जनता तो हमींको चाहती है, पर हमारे हाथ खाली नहीं हैं। हम सरकारी कामों में जुटे हुए हैं। तो जनता का काम कौन करे।

कांग्रेस का शासन तो लोगों के मनों पर था और उसका अस्त्र था प्रेम और आशा। अब शासन शरीरों पर है और अस्त्र है वही हथकड़ी, बेड़ी, लाठी और आर्डिनेन्स, अर्थात् भय और निराशा। कानून की दीवारों का काला किला बनाकर हम सब कांग्रेस वाले उसकी चहारदीवारी के भीतर आ बैठे हैं। पहले हमारा मुंह था उधर ही जिधर जनता का था। आगे हम और पीछे-पीछे थी जनता। अब आमने-सामने ख़ड़े हैं हम किले में, वह बाहर। हमारी लगाई हुई खेती और फुलवारी तो किले से बाहर रह गई। अपने त्याग-तपस्या की पुरानी कमाई की गठरी जो हमारे पास है, उसीसे किले वालों की रसद चल रही है, पर बापू की यह कमाई तो खत्म हो रही है। बेटे को ख़ुद भी तो कुछ कमाई करनी चाहिए वरना जब खाने को न रहेगा तो किला छोड़ना पड़ेगा। अपनी

खेती की देख-भाल के लिए भी कुछ करना है या नहीं। सरकारी रोबकारों और आज्ञापत्रों द्वारा जनता की सेवा नहीं हो सकती। गैर सरकारी एजेन्सी की अवहेलना न कर उसे काम में लगाओ, वरना तलवों के नीचे से ज़मीन तेजी के साथ खिसक रही है।